汤姆·斯威夫特和原子能地球挖掘机

【英】维克多·阿普尔顿 II　文
燕锐锋　等图
刘庆双　等译

江西·南昌
江西科学技术出版社

图书在版编目（CIP）数据

汤姆·斯威夫特和原子能地球挖掘机/(英)维克多·阿普尔顿Ⅱ文；燕锐锋等图；刘庆双等译. -- 南昌：江西科学技术出版社，2018.3（2024.1重印）
（汤姆·斯威夫特丛书）
ISBN 978-7-5390-5887-0

Ⅰ.①汤… Ⅱ.①维…②燕…③刘… Ⅲ.①儿童故事－英国－现代 Ⅳ.①I561.85

中国版本图书馆CIP数据核字(2017)第049772号

国际互联网(Internet)地址：http://www.jxkjcbs.com
选题序号：KX2016057
责任编辑：饶春垚
特约编辑：姚　洋

汤姆·斯威夫特和原子能地球挖掘机
TANGMU SIWEIFUTE HE YUANZINENG DIQIU WAJUEJI

〔英〕维克多·阿普尔顿Ⅱ　文；燕锐锋　等图；刘庆双　等译

出版发行	江西科学技术出版社
社址	南昌市蓼洲街2号附1号
	邮编：330009　电话：（0791）86623491　86639342（传真）
印刷	三河市嵩川印刷有限公司
经销	各地新华书店
开本	700mm×1000mm　1/16
字数	114千字
印张	11
版次	2018年3月第1版　2024年1月第2次印刷
书号	ISBN 978-7-5390-5887-0
定价	39.00元

赣版权登字-03-2017-62
版权所有　翻印必究
（赣科版图书凡属印装错误，可向承印厂调换）

前言 QIANYAN

人总是离不开阅读，特别是在现代化信息时代，阅读无疑更是我们难求的一片宁静港湾，让我们有机会去感受、去体悟、去反思、去认证我们的这个世界和未来的世界。

科幻小说是一种起源于近代西方的文学体裁，在尊重科学结论的基础上进行合理设想后形成的文学作品，具备"逻辑自洽""科学元素""人文思考"三个要素。科幻小说与一般的传统小说不同，其特殊性在于它与科学技术的发展有着直接的联系，能让读者间接了解到科学原理。但它又是一种文艺创作，它扎根于社会现实，反映社会现实中的矛盾和问题，在科学技术发展的方向上，提供若干有参考价值的预见。有时，某些科学发明尚未出现，科幻小说里则已经进行生动的描绘，如潜水艇、机器人和宇宙航行等。

著名文学评论家布哈伊·哈桑曾说，科幻小说可能在哲学上是天真的，在道德上是简单的，在美学上是有些主观的，或粗糙的，但就它最好的方面而言，它似乎触及了人类集体梦想的神经中枢，解放出我们人类这具机器中深藏的某些幻想。

阅读科幻小说至少让我们有如下的感受：

一、文学的轻松愉悦

科幻小说的主题非常明显，它会涉及"未来"和"未知"、"科学"和"规律"、"生命"和"文明"、"生存"和"冒险"等等，每一本科幻小说都是一个全新的世界，每一次阅读都是一段全新、充满惊喜的精神旅程。

二、科学与严谨的想象

爱因斯坦说过，想象力比知识更重要，因为知识是有限的，而想象力概括着世界上的一切，推动着进步，并且是知识进化的源泉。通过阅读科幻小说，感悟其中的想象力，在人文、哲理的思索上，在思想道德意识的增强上所起到的作用是潜移默化的、是发散性的，其威力是不可估量的。

三、引发科学与理性的思考

科幻小说中的"科学方法"是一种有系统地寻求知识的程序，涉及"问题的认知与表述""观察与实验搜集证据""假说的构成与测试"。简单地说就是一个科学理论要经过观察、解释、预测、确认、评估、发表的程序，才能从一个假设发展成原理。科幻小说的"理性思考"就是遵从客观规律、进行逻辑分析的思考方式。

《汤姆·斯威夫特》系列曾是国外流行的科普小说，书中很多的科幻内容今天都已经变成了现实，它曾影响了几代读者，它伴随了很多人的成长。现以中文出版此书，相信书中的情节与科学，也会给中国读者带来同样的快乐体验。

目录 MULU

第一章　神秘的陌生人……………………………………… 001

第二章　原子间谍…………………………………………… 012

第三章　危险信号…………………………………………… 020

第四章　危险的试验………………………………………… 027

第五章　微弱的线索………………………………………… 033

第六章　布朗尼奇失踪了…………………………………… 040

第七章　大胆的提议………………………………………… 050

第八章　报复带来的恐吓…………………………………… 058

第九章　湖上追击…………………………………………… 065

第十章　决定性测试………………………………………… 074

第十一章　人为破坏………………………………………… 081

第十二章　阿拉斯加之行…………………………………… 086

第十三章　雪橇犬带来的麻烦……………………………… 094

第十四章	W城来电	102
第十五章	南向的呼唤	107
第十六章	迷失在暴风雪中	114
第十七章	盲目营救	118
第十八章	偷　袭	125
第十九章	灾难袭来	131
第二十章	鲸鱼出没	136
第二十一章	惊险逃亡	142
第二十二章	战　俘	147
第二十三章	一决胜负	152
第二十四章	火山喷发	158
第二十五章	最后的胜利	164

第一章　神秘的陌生人

"伙计，看，地球挖掘机测试成功了！"巴德·巴克利在一辆大型拖拉机拖车驾驶室里大喊。

"加速！快点！"汤姆·斯威夫特在旁边一边跟着慢跑一边催促道。

又高又瘦的年轻科学家汤姆和他强壮的同伴巴德正在测试汤姆的最新发明——放置在拖拉机驾驶室上方平台上的原子能地球挖掘机。汤姆希望他的这项发明可以用于道路和桥梁的建设，还能用于隧道挖掘。

巴德开大油门，地球挖掘机发出的嗡嗡声变成了震耳欲聋的轰响。

这台机器由三个主要部分组成，看起来像一个巨大的鱼雷。重型旋转底座上放着一个能向各个方向倾斜的闪光长钢筒。机器里安装了一个浓缩原子堆，为操作提供动力。较窄的传动轴与汽缸相连，其传动装置可将动力传导到传导轴的前端，前端装有能够碎粉坚硬岩石的旋转钢片。

当这台机器钻透地面时，汤姆突然注意到巴德正将它开向右侧。

"嘿！小心那边！"他提醒道。

年轻的发明家得到了农民的允许，他可以在树林中邻近水管的空地上挖掘。汤姆选好了地点——在肖普顿附近，距公路四分之一千米，因为那里的岩层比企业集团的肥沃土地更适合做这项测试。

不知不觉间，巴德正驶向自来水公司！

伴随着巨大的轰鸣声，机器在地面上犁出了一道深深的沟。裹挟着粉状泥土和岩石的水流平稳地从汽缸后面涌出，流进了拖车。

汤姆以冲刺般的速度疯狂地追赶着那台不停振动的怪物。

"停！"他大喊道，"停车！那边有水管！"

然而，地球挖掘机雷鸣般的轰响淹没了汤姆的声音。

紧接着，汤姆听到了金属撞击的巨响。刹那间，一股水柱射向天空，有30米高。

巴德慌忙倒车，躲开喷水的事发地点。但这一切都太晚了，残局已经造成了！

"撞到水管了！"汤姆边喊边走过来，"把步话机给我！"

巴德惊得哑口无言，伸手从他身后驾驶室的搁板上抓起步话机，递给汤姆。汤姆立刻与斯威夫特企业集团取得了无线电联系。

"出事故了。"他解释道，"我们的挖掘机把水管挖破了。马上给自来水公司打电话，快让维修队来！"

第一章 神秘的陌生人

不到五分钟，紧急救援队就从企业集团工厂赶到了事故现场。领队是斯威夫特制模部总工程师、全套设备故障总检修员，方下巴的汉克·斯特林。

不管怎样，现在已经不喷水了，这说明自来水公司要么已经切断了泵压，要么关闭了系统中的某个阀门。

汤姆示意前方发生了事故，其他的车辆被迫陆续停在了事故现场附近，其中有两辆警车、几辆消防车，还有一些载着好奇的市民的私家车。

"抢修不要花太长时间。"汉克·斯特林低头观察凹陷处，并立刻向他的队员大声发号施令，而队员们已经从修理车上卸下了焊接设备和一段替换管。

与此同时，汤姆将注意力转移到警察和消防员身上，他们正在尽最大努力控制群众。

"你们能控制局面吗？"消防科长问道。他是个身材魁梧的男人。

"确定可以。"汤姆回答说，"让你们全体出动，真不好意思。"

"没关系。"消防科长回道，"我们觉得先赶过来，再问详情保险一些。"

"你可能不会觉得和格林纳普老翁相处很容易。"一位穿制服的警官一边说着，一边朝刚停下来的黑色豪华轿车竖起拇指。

汤姆看见一个头发灰白的男人从车里下来，他皱着眉头，迈着大步急匆匆地向人群走过来。

"那是谁?"巴德低声问。

"自来水公司董事长。"汤姆目不转睛地看着那个人,小声说道。他知道自己会有麻烦,但他不希望牵连到他父亲和斯威夫特企业集团。

格林纳普的脸气得通红。

"你是这件事的负责人!"他恶狠狠地对汤姆说。

"这是个严重的事故,格林纳普先生。"汤姆恭敬的解释道,"对此事带来的不便我深表歉意,但……"

"不便!"格林纳普咆哮,"你知道你弄坏的是主要输水线吗?我们不得不停泵,还要切断整个社区的自来水!要是发生严重火灾,消防部门到哪弄水?还有,要是肖普顿医院那需要水呢!"

气氛变得紧张起来,围观群众靠得更近了。

"我都明白,先生。"汤姆说,"我清楚这样的事故会造成非常严重的后果,但是抢修人员会很快完成主要维修任务,我向您保证斯威夫特企业集团会赔偿一切损失。"

"别说那些了!"格林纳普生气地打断,"这一切是怎么发生的?"

"是我的新型挖掘机。"汤姆解释道,"意外地挖破了给水总管。"

"原来如此!又是你的那些疯狂的玩意儿!"格林纳普狂怒了,"我觉得你就是公害,你父亲应该被拖进法院,因为他没有管好你!"

巴德·巴克利从人群中挤了过来。汤姆注意到他的朋友有反驳之意,马上将强而有力的手放在了巴德健壮的手臂上。

"请不要牵扯到我的父亲,格林纳普先生。"汤姆平静地说道,"你可以觉得我的发明没有造福任何人,那是你的权利。"

"哼,不要觉得到处破坏公物是你的权利!"格林纳普厉声说。

听了格林纳普的话,汉克·斯特林从维修队那边走过来。

"半小时之内我们就能把水管修好。"他说。

格林纳普生气地哼了一声,说:"我们没遭遇此类麻烦的时候,情况就已经很糟糕了。在此之前,自来水的供应就已经非常紧张了。我们需要至少百分之五十的额外供水,尤其是在这样干燥的夏天。"

汤姆想起了一件事,最近发布的通令中规定:在一天中用水高峰时段禁止为草坪浇水。

"那也不该冲我们发火!"巴德分辩道。

但是格林纳普仍然没放弃语言攻击,绷着脸说:"若不是要为斯威夫特企业集团和斯威夫特工程公司供水,这里也不会缺水!"

"您指什么?"汤姆试着问道。

"在过去的几个月里,建设工厂加大了用水量,一天要用八到十万吨水。工资单上添了新工人,肖普顿就会多上百户新家庭。"

巴德笑着说:"商会会很喜欢的。"

"引入更多的水可能会解决问题。"汤姆不动声色地说。

"我们正打算这么做,"格林纳普自以为是地说,"我们想挖隧道,穿过松山从银湖取水。但这都需要时间。最快也要到明年夏天才有可能用上湖水。"

又抱怨了几句之后,格林纳普开始到处检查维修工作。在八月炎热的太阳下工作,光着膀子的工人们身上流着汗。

"嘿,伙计,很抱歉把你牵扯了进来。"巴德面带尴尬向汤姆道歉。

"没事!"汤姆回道,"格林纳普看斯威夫特企业集团不顺眼很久了。他在上次城市理事会会议上就想找我父亲的麻烦。"

"因为太兴奋,我的手出汗了,手从方向盘上滑了下来,拖车就不受控制了。"

"顺便问一下,你把车停哪儿了?"汤姆问道。

"就在那边。"巴德突然停下来,露出困惑的表情,"天呐!不见了!"

"什么!"汤姆顺着他朋友注视的方向看去。

"我把它停在那边的那棵大树旁边了。"巴德支吾着,指着距事发地点大约50米的地方,"可是现在车不见了!"

"一定被人开走了!"汤姆喊道。

他匆忙地询问警察和消防员,又问了汉克·斯特林和维修队队员。在一片混乱中,没人注意到带着原子能地球挖掘机的拖车去哪儿了。

汤姆回到巴德旁边,手指焦急地挠着平头。"过来。"他对他的朋友说,"来找找车辙印。"

两个年轻人迅速地找到了些蛛丝马迹,他们跟着痕迹朝公路方向走了30米之后,痕迹在一条又硬又干的路面上消失了。

"我们可以在多沙的公路路肩上再找找线索。"巴德提议,"我们都认识那辆卡车的胎面花纹。"

"你往前找。"汤姆指挥道,"我到树林里找找。"

汤姆跑进了小树林,他对地球挖掘机的神秘失踪一直感到很困惑。

在粗草和杂草堆中,汤姆发现了重型轮胎留下的痕迹。他顾不上考虑前方潜在的危险,沿着痕迹走了过去。

几分钟后,他看见了那辆拖车。一个陌生人坐在驾驶室里,方向盘上放着一本速写本。很明显,他在记录并为地球挖掘机画图。

"嘿!说你呢!"汤姆生气地大喊,"偷我们的机器想干什么?"

陌生人吃惊地看着汤姆,他猛地打开车门,从拖车的另一侧跳下来。

他向树林里冲过去,但是汤姆迅速地追上他,抓住了他的外衣衣领。

高个子的陌生人转过身,汤姆看到他那张憔悴的脸,两颊深陷,绿色的眼睛里闪着仇恨的光。陌生人的一只手在大衣里摸索,掏出一把蓝钢短管全自动手枪。

汤姆及时看到了他的动作,用左手抓住了陌生人的手腕。陌生人拼命地扭动他那只拿着枪的手,试图挣脱。

那一刻,两个人展开了激烈地较量。虽然汤姆没有对手高,但是他有制胜法宝——运动员训练良好的肌肉力量。他拧着对手的手腕,越来越用力,直到对方痛得喘不过气,枪掉到了地上。

"现在你该告诉我这是怎么回事了吧!"汤姆生气地大喊,"我要……"

他被人从后面抓住,他的话咽回去了。转过头,他看到了袭击他的是两个外表粗鲁的男人。

汤姆奋力挣脱,但徒劳无功。那两个人一人抓住他一只胳膊,死死抓住。

"怎么处理?"其中一个男人问,他因费力控制俘虏而喘着粗气。另一个男人用他的另外一只手捂住汤姆的嘴,阻止他求助。

"我看到拖车里有些绳子。"带枪的男人操着一口外国腔低声说,"我拿过来把他捆了,然后绑到树上。"

不一会儿,他拿着绳子返回来。汤姆被强推过去,背靠着树,被紧紧地捆在了树桩上。在一个人系绳子的时候,另一个人用印花大手帕塞住了汤姆的嘴。

"好了!现在我们可以离开这儿了!"带着外国口音的男人说道。

在两个随从的跟随下,他跑回了卡车那边。

汤姆既愤怒又绝望地看着,他们爬上了拖车。其中一个强壮的男人握着方向盘,打开了油门。

之后,齿轮的摩擦声响起,他们一路轰鸣地离开了。让汤姆惊讶的是,他们还带走了新发明的原子能地球挖掘机。

第二章　原子间谍

汤姆不停扭动，想尽办法挣脱捆绑。然而他拼尽全力不仅没使绳子有一丝松动，反而让胳膊更疼了。

这样的尝试失败后，汤姆又试着把嘴里的手帕弄出去。他用舌头推那团手帕，想把它从牙齿之间弄掉，但努力再一次失败了。

在被绑大约45分钟之后，他听到有人呼喊他的名字。接着，矮树丛里传来了脚步声。当巴德·巴克利和一个维修队队员全速跑向他时，汤姆如释重负。

"我的天呐！"巴德掏出汤姆嘴里的手帕，惊声说，"发生了什么？"

"先解开绳子我再告诉你。"汤姆深深地呼吸着新鲜空气。

那个维修队队员拔出大折刀递给巴德。"给，用这个。"他说，"我去告诉其他人，我们找到他了。"

巴德一边割断绳子一边说："真让我们担心！我的天才发明家。刚开始，我到处找你，但后来我们等了半小时你还没回来，我们就决定组织一个搜索队来找你。"

"干得好！我差点被憋死。"

巴德解开了绑在汤姆胳膊和腿上的所有绳子，这时，其他搜索人员乘吉普车赶来，汉克·斯特林和斯威夫特企业集团安保部主管哈伦·艾姆斯也在其中。

汤姆马上和他们讲述了刚刚发生的一切。

"你看到的那个外国人在卡车里做记录？"艾姆斯问道，"他长什么样？"

汤姆说："很高，应该有1.8米。很瘦，也很憔悴。但最奇怪的是他的眼睛。"

"怎么奇怪了？"

"眼睛发着绿光，长相吓人。"汤姆回忆那场遭遇时表情严肃，说："天啊，我永远都忘不了我抓住他衣领时他看我的眼神！"

接着，汤姆开始描述那两个随从，其中一个左边眉毛上有一道轻微的疤痕，另一个系着腰带，上面有一颗花哨的镶石皮带搭扣。

哈伦·艾姆斯把手伸到外衣口袋里，掏出一张小照片，递给汤姆，说："看看，辨认一下。"

"什么，这就是我抓住的那个家伙！"汤姆大声说道，他满脸疑惑地看着艾姆斯，"他是谁？你们怎么有他的照片？"

"他是个危险的外国特工。"艾姆斯解释道，"这张照片是调查局发给所有执法机构的。他们怀疑布朗尼奇为克兰乔维亚政府窃取国防机密。"

"什么样的国防机密？"汤姆问道，他很关心谜团中的这个新线索。

艾姆斯回答："顶级原子能机密。"

巴德轻轻地吹了一声口哨，说："汤姆！怪不得布朗尼奇急于知道地球挖掘机的内幕！"

"我还是不明白。"汤姆无奈地说道，"挖掘机虽然是以原子能为动力的，但是它并没有什么秘密可言啊。目前，世界各国都知道如何构建原子反应堆。"

"可能吧。"艾姆斯表示同意，"但各国都不知道要怎样把原子能应用到地球挖掘机上，比如你的那台。"

"但是地球挖掘机是和平时期使用的。"汤姆反驳道，"并不是战争武器。"

当艾姆斯指出那台挖掘机能够适应军事用途时，巴德补充道："再说，只要觉得有用，那些卑鄙小人甚至可能偷盲人手里的锡杯！"

"说得对。"汤姆同意，但声音有些不安，"他们一定没安好心，不然也不会带走地球挖掘机。"

"问题是，我们应该怎么办？"巴德提出疑问。

汤姆想了一会儿，问道："给水总管怎么样了？修好了吗？"

"都修好了。"汉克·斯特林说，"老格林纳普没什么可牢骚的了，他回市里去了。"

"谢谢，汉克·斯特林。你和你的队员回工厂吧。剩下的人去找布朗尼奇和他的两个随从。"

第二章 原子间谍

斯特林敬了个友好的告别军礼后离开了。在巴德和艾姆斯的帮助下,汤姆继续追寻轮胎留下的痕迹。那些痕迹在树林里中断了,但在通往蜿蜒土路的下坡地面上又出现了。

"现在,我们不大可能能追上了。"巴德抱怨着,"现在他们可能已经到了很远的地方。"

"我们还有可能找到地球挖掘机。"汤姆抱有希望地说,"从发生的事情看,我觉得他们一开始没打算偷地球挖掘机,我们忙着修理破裂的给水主管的时候,他们只是想画个草图。"

"我认为你说得对。"艾姆斯表示赞同,"一旦警方发出警报,他们绝无机会带着地球挖掘机离开。当然,他们也不会轻松地找到那么大的地方用来藏载着机器的拖拉机拖车!"

巴德开着公司的吉普车,三人沿着拖车在土路上留下的痕迹行驶。在3000多米远的河岸边,汤姆兴奋地大喊。

"看!"汤姆指着右边大喊。河岸边停着辆拖车,上面有那台原子能地球挖掘机!

巴德猛踩刹车,吉普车滑行一段后停了下来。汤姆带着另外两个人向河边疯跑。

"他们一定是躲到船里了!"巴德大喊,"看他们逃走的时候把它藏哪!"

而汤姆更感兴趣的是地球挖掘机。那些人差点把机器拆了,汤姆不禁愤怒地抱怨。

"丢东西了吗?"艾姆斯紧张地问。

"是的,秘密激活机制!"汤姆喊道,"那是整个设计最重要的部分！"

巴德用拳头重击地面，打在了重型拖车的车辙上。"卑鄙下流的贼！"他咆哮着，"你花在地球挖掘机上的全部心血都白费了！"

"别担心。"汤姆严肃地说，"他们带不走。就算搭上性命，我也会找到布朗尼奇，把他送进监狱！"

汤姆在巴德和艾姆斯的陪同下，驾驶地球挖掘机返回工厂。

"我这就向调查局和警察局报警。"门关上时，安保主任信誓旦旦地说。

机器安全地回到汤姆的实验室之后，这两个男孩返回河边的船屋，租了艘快船。他们在河上来回巡航，不放过任何一个河港和码头，寻找布朗尼奇和他的随从们，直到夜幕降临才不得不放弃。

"他们逃了。"汤姆和巴德回到船上时，汤姆沮丧地说，"我还想告诉爸爸我们抓住那些无赖了呢。"

那天晚上，汤姆回到家向他的父亲简单地汇报了今天发生的事情之后，很晚才吃饭，其他家人早就吃完了。

与一个人坐在饭厅相比，汤姆更喜欢在自家住所那又大又让人心情愉悦的厨房里吃饭。当他那优雅迷人的母亲为他端上在闪光的白色厨房炉灶上加热过的晚饭时，他十七岁的妹妹桑迪向他打听起今天的事情。

"你是说地球挖掘机坏了？"妹妹焦急地问道。

"没有，但还是要修一修。"汤姆说，"要花至少一个星期

第二章 原子间谍

做一个新的激活机械装置才能使机器重新开始工作。"

他继续讲述着细节，这时，斯威夫特夫人用力敲打着她儿子的房门。即使她儿子和她丈夫的技术工作她几乎不懂，她也总是聚精会神地听他们说。

晚饭后，汤姆又看到了父亲。斯威夫特先生坐在他舒服的私人房间里，那是一楼的一个房间，推开落地双扇玻璃门能看到阳台。

"从艾姆斯那还得知了原子间谍的其他消息吗？"汤姆问道。

"还没有，但是警察和海岸巡防队已经参与调查，因此只是时间问题。"

"我的确想知道布朗尼奇那家伙为什么要得到地球挖掘机！"汤姆继续说。

斯威夫特先生正和儿子讨论着，他回想起一些令人毛骨悚然的冒险，它们都与他年轻时的发明有关。

汤姆继承了父亲的科学天赋，长得也很像父亲。父子俩都长着敏锐又深陷的眼睛，但汤姆比父亲高些。

"顺便说一句，"父亲说道，"奈德叔叔今晚会来，他想和你商量地球挖掘机的生产计划。他说直升机生产也遇到了问题。"

几分钟之后，他们听到了汽车在砂石上行驶的声音。

"一定是奈德叔叔！"汤姆从椅子上跳起来，大声说，"我去开门。"

奈德·牛顿是父亲的老相识，也是最忠诚的朋友，他还是斯威夫特工程公司的业务经理，这家公司在他的管理下扩大了在全国的影响力。

汤姆在前门看见了他，把他带到了父亲的房间。老朋友见面特别高兴。汤姆还没出生的时候，奈德·牛顿就帮助老汤姆·斯威夫特战胜了很多困难，打败了许多无耻之徒。

奈德叔叔坐在舒服的椅子上，转过头看着小斯威夫特，眼睛里闪着光，说："我听说你和格林纳普先生闹不愉快了。"

汤姆一脸苦相说："我只是不想给城市理事会添麻烦。"

"你让我很担心。"奈德笑着说道，"他是刀子嘴豆腐心。我知道，我和那个坏脾气的家伙打过交道。"

"和以前一样，供水问题越来越严重了。"斯威夫特先生说，"如果自来水公司不能很快找到解决办法，我们可能不得不缩短工厂的工作时间！"

两个老朋友和汤姆讨论着今天的事，还有斯威夫特工程公司面临的其他生产问题。

奈德叔叔说："依我看，目前最严峻的问题是严重短缺优质铁矿石。没有矿石，工厂就无法生产钢铁，那么全世界都可能面临非常危险的形势！"

"到有矿的地方采矿怎么样？"汤姆问道。

"会有帮助。"奈德叔叔承认，"但是不能维持全世界的需求，况且那里的资源迟早会逐渐减少，像梅萨比岭铁矿区一样。"他若有所思地吸着烟斗，吐着烟雾，接着说，"汤姆，你能找到新的优质铁矿资源吗?"

汤姆专注地看着天空。他已经多次思考过这个问题了。

"我有更好的办法。"汤姆最后说,"我现在就能说出一种纯铁资源。"

"在哪?"

"地心。"

奈德叔叔的眉毛惊讶地扬了起来,说:"不可能!没人能在那儿开采!"

汤姆有不同意见。

一个令人惊讶的想法在他脑中产生了。

"我认为我能做到。"汤姆平静地说。

第三章 危险信号

奈德叔叔和斯威夫特先生惊讶地看着这个年轻的科学家。

"你是认真的吗?"奈德叔叔问道。

"非常认真。"汤姆回答。

"对什么认真?"一个小女孩活泼的声音问道。

"哦,请进,桑迪,妈妈也进来吧。"

桑迪和斯威夫特夫人刚在厨房收拾好汤姆的盘子就过来加入他们的聊天了。汤姆立即为母亲拉过来一把椅子,而桑迪则靠在斯威夫特先生的椅子扶手上。

"汤姆刚刚说他有办法从地心挖到纯铁。"奈德叔叔解释道:"我不得不说,即使对汤姆来说这也有点牵强。"

"我哥哥说可能,你们可以打赌啊!"桑迪大声说。

"谢谢,桑迪。"汤姆笑着说,"我希望我能让你们觉得那很容易!"

"你是怎么想的?儿子。"斯威夫特先生问道。

汤姆说:"好,首先,科学家们都认为地球的中心是熔铁。"

"地球的整个核心都是熔铁,不是吗?"奈德叔叔反问道。

"没人确切地知道。"汤姆答道,"而我个人觉得地球的核心是固体铁,在固体铁与地壳之间有一层融化了的液体。我的想法是它基于地球的形状,绕着一个相当稳定的轴旋转。"

"你可能是对的。"斯威夫特先生若有所思地赞同道,"那个理论与地心热量估计相符。"

汤姆继续说:"总之,如果向地壳下面探索,我们一定会挖到熔铁。"

"天呐,听起来好像是说你们要向地下走很远。"他的妈妈大声说。

汤姆点点头:"确实如此。但是我相信地球上有一个地方到达熔铁的距离比其他地方近。"

"在哪儿啊?"桑迪问道。她眼巴巴地听着,手托着下巴,眼睛睁得大大的,十分好奇。

"在南极。"汤姆答道。

大家有了兴致,汤姆要继续阐释他的理由。

"一方面,地表温度。大家都知道,在北极地区常年覆盖着固体冻土;而在南极,能找到温暖、没有积雪的地方。"

"同时,磁通线在南极附近进入地球。"

斯威夫特先生承认:"对此有很多争论,但你妈妈说得对,即使是在南极,熔铁也是在数千米以下。即便是使用你的原子能地球挖掘机也要挖很久。"

"可能会挖出一大堆土。"桑迪笑着插话说。

斯威夫特先生从口袋里掏出一个小计算尺，匆忙计算着。

"假设你挖一个直径为0.9米的坑。"他说，"每向下前进数百千米，就会挖出来很多土，这些土能覆盖六平方千米的城市街区，还会堆得有三个帝国大厦那么高！"

"天呐！"桑迪喘着气感叹道，她第一次对哥哥的计划产生了怀疑。

但是汤姆有解决办法。他说："我们可以通过改变地球挖掘机的设计来解决这个问题。"

"怎么改？"父亲问道。

"我们可以用原子能为电动熔炉提供动力，而不是用它磨碎土和岩石。这样就能从熔岩中释放出气态氧，而这些气体又可以推动转动轴携带矿石粉末微粒，因此我们不需要传送机。"

斯威夫特先生拉着下嘴唇，若有所思地点头，可奈德叔叔并不同意。

"即使你的想法是合理的，也要考虑到巨额费用。恐怕我们无法承担这样的风险投资。"

"我确信政府会帮我们。"汤姆说，"尤其是我们邀请他们的科学家参与这次探险的话。"

"还有另一个阻碍，汤姆。"父亲说，"假如你挖到了熔铁，在南极有领土主权的所有政府都会坚持矿石也是属于他们的。"

汤姆站起身，皱着眉头，在房间里踱步。

"好吧，爸爸，这个政府会解决的。但我确定一件事，在南极没有领土主权的政府无权在那里钻探！"

"你是说，比如克兰约夫？"桑迪问道。

"对！"

这时响起一阵响亮的嗡嗡声，夹杂着抱怨和咆哮，像是一群看门狗突然嗅到了危险的气味。

"警报系统！"桑迪从椅子上跳起来大喊，"一定是有人闯进来了！"

"你和妈妈待在这儿！"汤姆大喊。

跟着两位长辈，他冲过去检查所有门窗。

整个房子和庭院都被磁场包围。任何人都可能不自觉地引发警报系统，除非预先知道了某种减活机制。

正因如此，斯威夫特一家和他们的朋友们的手表上都装有小的中和线圈。而不知情的小偷或不速之客会触发警报，暴露自己。

接着，汤姆轻轻地打开前门旁边的开关，庭院立刻被设在住所各处的强力聚光灯照得通亮，不放过任何角落。

"这会让藏在灌木丛中的人感到不安。"汤姆说，他和父亲，还有奈德·牛顿叔叔在灌木丛中搜索着。汤姆在草地上发现了几串脚印，可脚印逐渐消失了，一无所获。

"用侦探犬吧。"斯威夫特先生说。

凯撒和政治家，是关在花园后面狗舍里的两条侦探犬。汤姆和他的父亲紧扯着狗脖子上的皮带，对房子和庭院进行全面搜索。

第三章 危险信号

"是谁?"桑迪问道。

"不知道,逃走了。"汤姆忧心忡忡地答道。

他们继续着被打断的谈话,奈德叔叔询问了有关计划的更多细节。

几分钟之后,书房传来敲窗户的声音。斯威夫特夫人吃惊地倒吸了一口气。

"别紧张,妈妈。"汤姆笑着尽力安慰母亲。但当他起身打开百叶窗向外看时,他自己也紧张了起来。

巴德·巴克利在敲窗户。

汤姆松了口气。"绕到阳台来!"他喊道,"从落地双扇玻璃门进来。"

"希望我没有吓到你们。"巴德进来时说,"我太蠢了,我忘记带中和器手表了。"

"什么!"汤姆大叫。

巴德吃惊地看着他的朋友,说:"好吧,看在上帝的份上,别再提这件事了。人人都会犯错!"

"你不明白。"汤姆说,"警报没有响!"

"啊?"巴德很惊讶,"你是说即使我没戴线圈,也没有触发警报?"

"是的。"汤姆说,"可有趣的是,二十分钟前警报确实响了,但我们没找到人。"

"我认为要进行进一步调查。"斯威夫特先生站起来说。

这时,汤姆从兜里拿出一个小扳手,去拧前门刻度盘。如果客人带着武器,那个刻度盘会在金属经过时有反应,可是现在波动针还是静止的。

汤姆沉重地宣布:"我的结论是,整个警报系统瘫痪了!"

第四章 危险的试验

是什么弄坏了警报系统？汤姆想知道。是意外，还是故意破坏？

年轻的发明家汤姆跑下楼，跑向地下室里的工作室，过了一会儿，他拿着电动工具箱回来了。接着，他开始检查整条电磁警报电路。几分钟后，他发现了问题。

"是故意破坏，对！有人使螺线管上的线圈短路了。依我看，这出自一个聪明的技师之手，他非常清楚怎么下手！"

"布朗尼奇！"巴德大喊。

"可能吧。"汤姆把工具放回工具箱，"从他对地球挖掘机做的事来看，他一定是个训练有素的工程师。当务之急是找到他！"

"没那么容易。"奈德叔叔担心地说，"至少今晚不行。我们已经搜过房子和庭院了。"

"安全起见，还是再搜一遍吧。"斯威夫特先生说，"带上侦探犬。"

这次，他们分成了两队。汤姆和巴德带着凯撒搜索一半庭院，斯威夫特先生和奈德叔叔带着政治家搜索另一半。

可是还是没发现侵入者。过了一会儿，奈德叔叔和巴德在道别后离开了。他们走后，斯威夫特先生对儿子说："睡觉前修好警报系统也许是明智的。尽管我们可以从工厂派警卫过来，但是警报系统可用的话会更安全。"

"好的。"汤姆同意，"尽管要花些时间。线圈一旦短路，整个主电路就瘫痪了。这回我们要弄一个备用线路，以防主系统出事故。"

汤姆和他父亲花了几乎一夜时间来设计和安装新系统。但最后他们还是抢时间睡了几个小时。

第二天早上，稍晚些时候，他们吃早饭时又说起南极探险寻找铁资源的事。

"无论如何，我今天都要去W城。"斯威夫特先生大声说，"到了那儿，我去试探一下政府当局的口风。"

"我真希望他们能接受这个想法！"汤姆说，"同时，我要回到原子能挖掘机的工作中了。我相信我能以目前这个发明为主要部分，在此基础上设计出更强大的机器，用于钻穿地壳。"

早饭后，父子俩开车前往斯威夫特企业集团。他们的科学理念就诞生于此——一个6000平方千米的封闭空间，里面有建筑群和数条飞机跑道。

汤姆和父亲在大门口道别后急忙赶往私人实验室。进去前，他从口袋里取出了一把电子钥匙，调到适当波长，对着锁射出光。门开了。

第四章 危险的试验

实验室为进行各种试验而建，里面有电子显微镜、化学用品、玻璃器皿、小型电动冶金熔炉以及各种各样的其他设备。

汤姆坐在工作台前面的凳子上，迅速地开始修改和完善挖掘机的原有设计。

从哪开始呢？

首先，他必须修改之前为巨型机器人设计的冷却系统，使它能够适用于地球挖掘机。这个系统采用了磁化和消磁交互进行的高度顺磁性液体。液体通过机器人体内的真空管流通，并由自动调温器控制理想的工作温度——35.7℃。

地球挖掘机需要类似的系统防止设备过热。地下160千米，挖掘机不得不在几千度的高温下工作——那种高温足以把人烤成灰！

"说到设备，""陀螺仪也是必要的。"想到机器偏离轨道后将会发生的事情，汤姆笑了，"可能会钻透其他国家的土地，钻出他们的铁矿石！"

两小时之后，汤姆正用计算尺计算新挖掘机的结构细节时，听到了实验室窗户外面的说话声。

一个声音是巴德·巴克利的，另一个汤姆听出来是乔·温克勒的。乔是从大草原来的，他以前是流动炊事车上的厨师。汤姆父子俩在西南地区进行原子能研究的时候认识了他。乔和斯威夫特父子的关系很好，以至于他跟着他们一起回到了肖普顿，并接手了探险队厨师的工作。

"小汤姆现在在实验室里吗？"乔问道。

"怎么，你没听说吗？"巴德答道，"他正在发明一双走路不留脚印的鞋！"

片刻之后，巴德和乔走进了实验室。乔是个身材矮胖、古铜色皮肤的男人，罗圈腿，圆脑袋上的头发快掉光了。汤姆看到乔穿的全新运动衬衫时笑了。乔喜欢浮夸的衬衫，而这件绿紫色的背景上印着大大的橙色太阳，比以往的更夸张更难看。

"我挺喜欢这件宝贝，你呢？"乔骄傲地咯咯笑着问，"我是从最新的邮购目录上选中它的。"

他把自己打扮得像只孔雀，转来转去，从各个角度展示他的新衬衫。汤姆痛苦地斜着眼睛，透过指缝注视那件衣服。

"原谅我，乔，我不能很好地享受它，因为今天早上我把太阳镜落家了。"

巴德开怀大笑，而乔以一贯的好脾气接受了这种玩笑。

"你知道那家伙和我说了什么？"他说道。朝巴德竖起大拇指。

"像是在说靴子。"汤姆谨慎地答道。

"你觉得有没有别的意思？"

"好吧，如果我们去南极探险，我们可能不得不穿加热的靴子。"

乔惊讶地目瞪口呆。"哦，开眼界了！"之后，他恢复了平静，露出不确定的微笑，"哦，知道了。这家伙不会在冰上留下脚印！"

汤姆大笑，说道："严肃点，乔，这次可是一个大项目。你

第四章 危险的试验

最好为需要带的供给食品列一个清单。"

巴德眨着眼。"还要写上你要为大家做的红烧鲸脂和企鹅汤。"他说道。巴德说的是乔的致命弱点——异想天开地做出带有异域风情的菜。

"那些就交给我吧,小伙子。"厨师自我安慰道,"我觉得即使是在南极那样的地方我也能做出好吃的菜。"之后,他问了到南极进行探险的出行方式。

"乘坐'蓝天女王'。"汤姆告诉他。那是他的第一个伟大发明,三个分层的飞行实验室。"可能还有两架货机。因此,你会有一个很好的厨房,还有充足的空间放食品杂货。"

乔离开实验室去厨房为工人们准备午餐了。因为暂时还有结构细节问题未解决,所以汤姆回到了地球挖掘机的设计中。他开始做试验了。

"煮什么呢,伙计?"巴德问,"我是说,除了午餐。"

汤姆正在一个大烧瓶里混合着几种化学试剂。

"我想为石棉材料找到新的塑化剂。"他解释道。

"新什么剂?"

"塑化剂。"汤姆笑道,"就是一种放在塑料上,会使塑料变得坚韧而又柔软的东西。"

"那现在这个有什么问题?"巴德问道,"涂在地球挖掘机上的塑料涂层看上去有良好的绝缘性。"

汤姆摇着头说:"它可以把机器和内部原子堆的热量很好地隔开。但试想一下我们在南极寒冷的条件下工作时会发生什么!"

"哦,别让我猜了。"巴德追问道,"将会发生什么?"

"现在的这个石棉材料,在极寒中可能会变得脆弱、破裂。所以,我正尝试研究一种能适应高温和低温两种环境的新材料。"

巴德静静地看着汤姆往一个容器里滴入了一滴试剂,他问道:"这是什么?"

"三氟化硼乙醚。"

"再说一遍?"

"我正把它当催化剂保证化学反应成功。在这个反应中,它本身不起作用,但是它可以与其他成分反应并将其分开。你可能会说,它的作用是搞一个化学恶作剧。"

"别看我,好像它做了多少好事似的。"巴德看着烧瓶,不满地说。

"躲远点。"汤姆说,"我要加量了。"

他把烧瓶举出一臂远,向里面又加了一两滴。

烧瓶里的液体开始剧烈地冒泡。片刻后,随着一声巨响,烧瓶爆炸了,整个实验室都震动了!

第五章　微弱的线索

爆炸了,汤姆快速跑下楼,他一脸茫然又摇摇晃晃。

他那张机灵的脸现在很疼。年轻的发明家汤姆用一只手轻抚脸颊,把手拿开时手上有血。

巴德在汤姆旁边挣扎着站起来,说:"我的老天啊!什么东西击中我了?"

"三氟化硼乙醚有点过量了。"汤姆懊悔地说,"对不起,伙计。我本应该做好试验的防范准备。"

正在这时,乔·温克勒、汉克·斯特林和几个工人冲进了实验室。

"天哪!"汉克大喊,"这里发生了什么?"

"这小子刚才正向我展示怎样用催化剂促进化学反应。"巴德笑着说,"他确实是展示了,接着屋顶就掉了!"

"你们两个没受伤?"乔不安地问。

"基本完好。"汤姆说,"但是我觉得我们要稍微打扫一下。"

烧瓶爆炸时,这两个男孩本能地抬起了手和胳膊保护他们的脸。他们被飞来的玻璃片轻微地划伤了,衣服上都溅上了化学混合液,幸好他们脸没有受大伤。

对实验室的损坏也是轻微的,在破碎的玻璃窗上落着一些试管和化学辅助设备的碎片,似乎更换这些就可以了。

汤姆吩咐人打扫碎片之后,陪巴德赶往斯威夫特企业集团的医务室,由公司的护士为他们处理伤口。接着他们转移到了主楼里的那间宽敞的私人办公室,这间办公室是汤姆和他父亲共用的。

属于汤姆的那一半办公室里有一张很大的现代办公桌和一个由按钮控制的可滑进滑出的大型工作台。

办公室里摆放着汤姆的几项最主要发明的模型,那些模型都是由斯威夫特企业集团的首席制模师汉德森手工制作的。这些模型有:按比例缩小的"蓝天女王"大模型,汤姆的火箭船的银制复制品,还有潜艇直升机的仿制品,以及蓝色塑料制成的海底飞镖,其中最大的是汤姆的巨型机器人模型。

午餐是乔带来的美味汤和三明治,吃午饭时,这两个男孩又讨论起了汤姆的试验。

"现在怎么办?"巴德问道,"你打算放弃石棉材料?"

汤姆摇着头:"还没有,但是在下次试验中我要选用温和一点儿的催化剂,还要做更多的防护工作。"

午饭后,他们回到了实验室。这一次,汤姆准备在安全屏蔽后面进行试验。他把烧瓶悬挂在淬火槽上方,万一反应过猛,他可以把化学混合物倒入淬火槽。

"你确定这个新催化剂是温和点儿的?"巴德调侃道,"或者我现在就准备向窗外跑?"

"绝对是温和的。"汤姆向他再次保证,"是四氯化钛。"

汤姆用长柄钳越过安全屏蔽,向烧瓶里滴入一两滴催化剂。化学反应渐渐地剧烈了,气泡不断产生。

"看起来好像成功了。"巴德评论道,"可是气味真的太难闻了!"

汤姆一直等到反应结束,才倒出烧瓶中的物质,使其冷却,直至成为一团橡胶。接着,用几种不同的方法继续进行测试。

巴德十分感兴趣地看着。"完成了?"他最后问道。

年轻科学家脸上带着喜悦的微笑:"巴德,我认为这种新型的石棉材料完全是我想要的,甚至超乎我的预想!"

巴德佩服地摆着头:"伙计,真佩服你,这件事还是交给你好。虽然我不知道你是怎么做的,但是你总能成功地研究出好东西!"

汤姆补充道:"当然,我们要在低温实验室里试验更多次以确保它在零度以下能耐用。如果后续试验成功,那么我们就可以让化学部大量生产了。"

门开了,哈伦·艾姆斯迈着大步走了进来。"重磅消息!"他喊道。

"怎么了?"汤姆问这位安保主任。

"我认为他们抓住布朗尼奇手下那两个暴徒了,就是把你绑起来的那两个人。今天警局抓住了两个人,与我们的描述相符!罗克科长想让你去指认他们。"

"现在我们这边也已经取得了一些进展!"巴德喊道,"走!"

十五分钟后,警察科长罗克同意他们进办公室:"请坐,把那两个人带来。"

他们戴着手铐,在一个强壮的警察的监视下走进办公室。

"怎么样,汤姆?"罗克科长问道,"是你要找的人吗?"

汤姆从椅子上站起来,走近了去看那两个罪犯。

"没错。"他大声说,"我肯定,这个人左眉上有道小疤,而另一个现在系着和那天一样的腰带。"腰带错不了,上面有一颗花哨的镶着彩石的皮带搭扣。

"好!班克,还有你,达特。"罗克科长说道,"说吧,你们说实话,像警方做记录时一样!"

"我们没什么可说的。"眉毛上有疤的班克嘟囔道。

"啊,没有哈?"巴德握紧拳头,"你俩是想挨打吗!像你们打我的朋友一样!"

"放松点,巴德。"汤姆轻声说,他把手放在巴德肩上制止了他,"没错,他们绑了我,但是并没有打我。"

汤姆说话的时候,那两个人感激地看着他。

"看。"巴德说,"没理由替别人顶罪。不管怎样,我非常肯定这件事并不是你们自己的主意。为什么不说是谁指使你们那

第五章 微弱的线索

么做的?"

"为什么要告诉你!"

"因为带枪的那个人是个外国间谍,他偷了我发明的一部分。如果你们想包庇他,就会因叛国罪和间谍罪被关进监狱!"

罗克科长敲着桌子,说:"对,顺便告诉你们,当你们出狱的时候,你们的胡子都已经长到膝盖了!"

那两个罪犯担心地看着彼此,之后又看着汤姆和罗克科长。

"好吧,你们赢了。"班克低吼道,"你们想知道什么?"

"是谁指使你们的?"汤姆问道。

"就是你们刚才说的那个人,他偷走了你的拖车。"

"在哪儿能找到他?"

对方耸了耸肩,说:"不知道,他甚至都没说他的名字。"

班克停了一下,不自在地转动着身体。达特则盯着地板。

"快说!"罗克科长拍着桌子说,"我们可没有一整天来等你!"

"好吧,我可以告诉你一件事。"班克说道,"有一次我听见他和别人通电话。他说他打算留下来,直到得到图纸和使用说明。"

"他在和谁打电话?"艾姆斯问道。

"别问我,大部分时间他说的都是我听不懂的外语。"

"你就知道这么多?"罗克科长追问道。

"我知道的都说了。"

"好，带他们回牢房。"警察科长对看守说。

就在他们要被押回去的时候，达特转向汤姆。"去西大道95号吧。"他简要地说。

"那有什么？"

"你去了就知道了。"达特说，"能说的我都说了。"

两个罪犯刚被带走，罗克科长就立刻命令他的两个手下去西大道。

"等等，科长。"汤姆说，"两个穿制服的警察开着警车可能会让对方有所察觉。让我带着巴克利和艾姆斯去吧。我们会向你汇报情况的。"

科长同意了。

西大道是一条沿着卡罗帕湖边的又宽又长的大道。

"伙计，我今天真想乘桑迪的新帆船去做帆船运动！"当他们开车经过时，巴德看着蓝色波光粼粼的水面说道。

哈伦·艾姆斯正注意看着眼前的房子和公寓的门牌号。他突然大叫："看！就在那！"

汤姆急忙转向路边停车。写着西大道95号的建筑是荣耀俱乐部——富有的运动员们喜欢去的地方！正门对着街道，背靠着湖岸。

"现在布朗尼奇会在这样的地方干什么呢？"巴德大声嚷道，"我觉得那个罪犯是在误导我们！"

"进去问问。"汤姆说，"至少我们能知道有没有人认识他。"

第五章 微弱的线索

他们下车的时候，一个男人出现在俱乐部的私人停车场里。正要进去时，他转过头瞄了一眼新来的那几个人，那一刻，汤姆瞥见了他的脸。

"布朗尼奇！"汤姆大喊，并冲向侧门。巴德和艾姆斯紧随其后。

他们跑过去的时候，写着"私人专用"的重型门已经砰的一声关上了。汤姆和他的朋友们使劲地敲门，咔嗒咔嗒地拧把手，可是没人回应。

三个人又赶紧从大楼的拐角处返回，到石板路上。

在一个条纹遮阳篷下，一个塔似的穿着镶金边制服的门卫正站在门口。当汤姆和他的伙伴们向他冲过去的时候，他伸出右手，拦住了他们。

"请出示您的门卡！"

"岂有此理。"艾姆斯不耐烦地说，"我们没有门卡，但我们到这来办正事！"

门卫露出一副傲慢的表情，假装没听见。

"对不起，先生。"他坚定地说，"但是我得到的指示是除了正式会员，不允许任何人进入荣耀俱乐部！"

第六章　布朗尼奇失踪了

哈伦·艾姆斯很愤怒,他不耐烦地说出了他们的身份,并要求见经理。

"他不在。"门卫冷冷地说。

"我们正在跟踪一个警察通缉的要犯!"汤姆解释道,"他是个危险的外国特工,我们看见他从侧门进去了!"

"对不起,先生,但是我有我的使命。"

汤姆朝巴德和艾姆斯点头示意,他们跟着他去找进入俱乐部的其他途径。

"冷酷的臭脸门卫!"他们在大楼周围绕圈的时候,巴德大吼道,"我们应该抓住他的裤腰把他扔到湖里去!"

"别再提他了。"汤姆说道,"当务之急是确定布朗尼奇没有逃走!"

大楼的后门一直微敞着,从里面传出餐具撞击的哗啦声,诱人的菜香味从呼呼作响的通风机里飘了出来。

"这一定是俱乐部的厨房。"巴德说道,"这是个好通道!"

第六章 布朗尼奇失踪了

汤姆和艾姆斯还没来得及拦住他,他已经冲了进去。

餐具的哗啦声停了片刻,接着里面传出愤怒的说话声。

过了一会儿,巴德从厨房飞快地冲了出来,趴到了他两个同伴的脚边!

里面站着一个身材高大,橄榄色皮肤的男人,他留着大胡子,戴着厨师帽。他说着流利的意大利语,突然挥舞着擀面杖向巴德愤怒地冲过来。

"下一次我下手就没这么轻了!"他恐吓道,"也告诉你那两个朋友!"

"唷!"巴德站了起来,掸掉长裤上的灰尘时感叹道,"那家伙是前橄榄球队的吧!拦截太厉害了!"

"看来我们不太幸运。"汤姆说道。他忍着不去笑巴德的狼狈相。

"再浪费时间也没有用。"艾姆斯建议道。

"我要给警局打电话。我走的时候,你们两个在这儿盯着布朗尼奇,别让他逃了!"

直到艾姆斯回来都没人从大楼里出来,两分钟后,他们三个看见一辆警车飞速驶来。车停在俱乐部门口,车门开了,罗克科长和三个警察走了出来。他对警员掷地有声地说道:"福斯特,你从侧门进去!约根斯,别让任何人离开,你和布兰特守后门!"

一看到警察,门卫的眼睛瞪得老大,下巴都快掉下来了。这一次,他立刻打开门,罗克科长带着汤姆、艾姆斯和巴德走了进去。

到了里面，俱乐部的秘书匆忙迎上来欢迎他们。他是个瘦骨嶙峋的男人，长着个鹰钩鼻子，戴着副夹鼻眼镜。汤姆和他说明了来意。

"荒唐至极！"当他被告知看见外国间谍进了俱乐部时，他哼了一声，声音尖锐地说道。

"介意我们自己找吗？"罗克科长严酷地问。

从秘书的表情来看，他确实介意。但警察科长拿出了搜查令，他就只能靠边站了。

在哈伦·艾姆斯和两个男孩的协助下，警察对俱乐部从上到下进行了搜查，但是并没发现布朗尼奇的踪迹。

"哦，我的头快炸了！"巴德困惑地挠着头说道，"我们看见该死的布朗尼奇进来了，亲眼看见的。"

"咳，可他现在不在这儿。"罗克科长说道，"好像飞了。"

"怎么可能呢？"汤姆分辩道，"我们一直在盯着！"

警察科长耸耸肩："如果他知道你们已经认出他了，他可能穿着司机的制服，乔装打扮偷偷溜走了。"

警察离开以后，艾姆斯还是很生气，很不满。但是他什么也没说，接着他和男孩们开着吉普车离开了。

离开俱乐部不远后，他让汤姆把车开到路边。

"怎么了？"巴德问道。

"我预感到布朗尼奇还藏在荣耀俱乐部里。"

第六章 布朗尼奇失踪了

警察科长他们回去后,下了吉普车。

"我要回去做进一步调查。"他继续说道,"我会隐藏起来,观察情况。要是布朗尼奇认为我们走了,他可能会自己现身!"

汤姆和巴德开车回到斯威夫特企业集团。他们慢慢驶入在周边绵延的实验站时已经差不多是下班时间了。

在主楼里,高效能干的秘书特伦特小姐告诉汤姆:"你的父亲刚从W城回来,他想马上见你。"

汤姆匆忙赶到私人办公室。

"您回来得真快,爸爸!"他热情地说道,以此回应父亲的欢迎。

"汤姆,好消息!"斯威夫特先生兴奋地说,"我之所以直接飞回来,是因为和我谈话的政府官员对南极探险计划非常感兴趣。"

"他们同意我们继续了?"

"是的,确实,甚至还允许我们到我国管辖的任何南极洲地区进行探测。假如我们带上几个为政府服务的科学家的话,国家还借钱给我们资助探险计划!"

汤姆高兴地大叫,兴奋地握着父亲的手。

"爸爸,太好了!我们现在就开始制订探险计划吧!"

斯威夫特先生看着兴奋的儿子笑了。政府支持探险,对这件事,他和汤姆有着完全一样的反应。但他谨慎地提醒道:"别忘了,这可是项巨大的任务。而且全靠你完善新型原子能地球挖掘机来完成了！"

接着，他打开了对讲机的开关，说："特伦特小姐，请给斯威夫特工程公司的牛顿先生打电话，请他尽快来我办公室开重要会议！"

他们在等奈德叔叔的时候，汤姆给父亲讲了布朗尼奇和那两个暴徒一事的最新进展，以及他研制新型挖掘机的过程，包括能用于低温条件下的新型石棉材料。

"干得好，儿子！"斯威夫特先生向儿子道贺，"按这个速度，你的新挖掘机会提前完成。"

不久后，奈德叔叔拿着个鼓鼓的公文包到了斯威夫特企业集团。在欢迎过奈德叔叔之后，汤姆询问能否让巴德·巴克利一起开会。

两位前辈爽快地同意了，立刻让人把巴德叫过来。巴德到了之后，四个人拉过椅子，围坐在一台擦得十分干净的红木桌子边开始谈正事。

首先，斯威夫特先生简单地传达了从W城带回来的新消息。巴德非常激动，像汤姆刚才一样。但是奈德叔叔没发表意见，他想先推敲一下细节再说。

他们对探险进行了全面的讨论。汤姆开诚布公地指出了他们目前面临的困难。奈德叔叔粗略地估算了一下总成本。即便有政府的财政支持，探险的费用也是惊人的！

奈德叔叔和斯威夫特先生冷静地互相看着对方。风险巨大！但是他们最终决定：同意由斯威夫特工程公司和斯威夫特企业集

第六章 布朗尼奇失踪了

团共同承担这笔资金以启动南极探险！

"你要知道，汤姆。"奈德叔叔补充道，"一定要成功，我们可赌上一切了。如果你的计划失败了，我们的公司可就毁了！"

汤姆的内心很紧张，但是他平静地回答道："我会尽全力保证探险成功的，奈德叔叔！"

汤姆觉得他冒险计划的成功取决于能穿透地壳到达地球熔融核心的挖掘机的磨损情况，而这种磨损与得到的无尽的纯铁资源相比，简直微不足道！

巴德提出了衣服的问题。"我觉得我们在南极四处走动时不得不穿着毛皮大衣。"他说道。

"我们不仅需要毛皮衣服。"汤姆回应道，"我们穿的所有衣服都必须是防辐射的。"

巴德难以置信地皱着眉问道："挖掘机的内部原子管被托马塞特包裹着吗？"他说的是斯威夫特先生的那项惊人的塑料发明，虽然重量非常轻，但是吸收伽马射线的能力比导线和混凝土都强。斯威夫特夫人为它取名，以纪念父子俩的成绩。

"当然。"汤姆回答道，"但是，假设我们需要将机器拆开进行维修，不要忘了土和岩石会在挖掘机内部的原子能作用下变成气体，那些最后上升到地表的气体和微尘也会具有轻微的放射性。"

斯威夫特先生提出建议："我认为把你们的衣服都用托马塞特浸泡一下可以解决这个问题。"

门外传来手指关节轻轻敲门的声音。斯威夫特先生说了一句"请进",乔·温克勒推着载满蒸菜的餐车走了进来。

"你们这些人可能赶不上回家吃晚饭了。"他解释道,"我想我应该给你们送些吃的。"

四个男人惊讶地意识到他们的会议已经开得很晚了。大概晚上七点半钟了,白天已经变成了黄昏。

"南极之旅将带来巨大改变,乔。"当大家都如狼似虎地吃着东西的时候,奈德叔叔笑着说道。

"什么意思?"

"我们不得不与一切冰雪做斗争。"巴德转身问汤姆,"那里究竟会有多冷?"

"非常冷。"汤姆回答,"即使在仲夏,有些地方的气温也不会高于五度。而冬天,会有零下一百度!"

"我的妈呀!"乔那张深棕褐色的脸都吓白了,他紧张得直发抖,"哦,人能活吗,比开阔平原下起暴风雪还要可怕,我不确定我还能参与这次南极探险!"

"别担心,乔。"汤姆笑着说,"我们会在衣服里装上电加热部件,用恒温控制器调节温度。你要做的就是在刻度盘上设置好合适的温度,想要多暖和就有多暖和,无论外面多冷!"

乔释然地笑了。"现在你们继续说吧,孩子们!"但是他的表情又严肃了起来,"想想看,这意味着我必须要戴着手套做饭,没有自我保护措施的厨师在流动炊事车里做饭是很危险的!"

第六章 布朗尼奇失踪了

危险的!"

这时,电话铃响了,尖锐刺耳。

汤姆接起电话:"喂?……哦,您好!……是的,我们还在工厂。我爸爸刚从W城回来。……什么!……好的!请您在那儿等会儿,我和巴德过去找您!"

他放下电话,他爸爸疑惑地看了他一眼。

"是哈伦·艾姆斯。"汤姆解释道,"他说他发现荣耀俱乐部的秘密了,让我和巴德现在过去!"

五分钟后,他们乘着巴德的红色敞篷车飞速赶往那里。

艾姆斯和他们约在卡罗帕湖边见面,不在西大道上,离荣耀俱乐部不远。

他们赶到见面地点以后,巴德把车停在了草坪上,也就是马路与混凝土路堤之间。

现在,天已经完全黑了,但是在汤姆吹出响亮的口哨声之后,一道光从水边闪过,这是艾姆斯的信号。

两个男孩爬过路堤,跳落在接应船里。

"我觉得划艇比机动船安全些。"艾姆斯解释道,"因为更安静,我还在桨架上涂了油。"

汤姆坐在划桨员的位置上,艾姆斯开船离开混凝土墙,向荣耀俱乐部驶去,这时湖面上洒满了一轮新月的银灰色光辉。

"你发现的秘密在哪儿?"汤姆问道。

"等会儿告诉你。"艾姆斯说道,"如果我是对的,那就可以解释布朗尼奇是怎样逃走又不被发现的了!"

几分钟之后,安保主任对汤姆低声说:"在这儿停下!"

荣耀俱乐部的窗户透出红光,而湖岸还是被笼罩在黑暗里。艾姆斯啪的一声打开手电筒,沿着路堤射出一道光。他突然保持光束不动,汤姆惊讶地屏住了呼吸。虽然被过于繁茂的藤蔓和攀缘植物遮挡,但是在手电筒光束的照射下还是能看到混凝土上有开口!水位线上方1.2米处,有一条狭窄的石阶通向上方。

"去看看。"汤姆指引小艇驶向开口、兴奋地说道。

"最好别把船停在这儿。"艾姆斯继续说,"会暴露我们的行踪。"

汤姆爽快地同意,巴德也点头,说:"我看见离这儿稍远点儿的地方有一圈船,我们可以把船停那边再回到这里来。"

停好船后,他们沿着路堤的上方平地蹑手蹑脚地返回,蜷低身子以免被发现。

艾姆斯又一次打开手电筒。他们向下走了五步,然后在6米之外的地方,是一条潮湿石路,路的尽头是另一条向上延伸的石阶。

"快!"汤姆催促道。

他轻轻地走在滑溜溜的长满苔藓的石阶上。石阶在他们头顶上方的天窗处消失了。从天窗的另一侧传出了餐具撞击的哗啦声和说话声。

"俱乐部的厨房!"艾姆斯小声说道,"就在我们上面!"

"这样看来,俱乐部可能是外国特工的藏身之地。"汤姆说,"尤其是进出这里的道路。一个完美的从事间谍活动和破坏

活动的组织!"

"以斯威夫特企业集团为目标!"巴德补充道。

突然,艾姆斯关了手电筒,他们与黑夜融为一体。

"听着!"他嘘声说道,"有人来了!"

巴德紧张了起来,说:"无处可藏了!"

第七章　大胆的提议

他们听到的声音是通道入口处的一条船碰撞混凝土墙发出来的。从接下来的声音判断，船上的人正在上岸。

汤姆伸出手拉住艾姆斯和巴德的胳膊。

"听着！"他小声说，"刚才我看见通道的左手边有一个凹陷处，去看看能不能藏在里面！"

他们迅速地向左边转移，在黑暗中摸索前进。

"在这！"汤姆轻声呼喊。另两个人和他一块挤进了那个狭窄的地方。

现在，他们能听到上石阶的脚步声。三个人屏住呼吸，紧贴在墙上。

走过来的是个男人，拿着手电筒，但幸运的是光照向地面，以防跌倒。他伸手去够天窗，没发现汤姆他们。

在那个男人敲了几下天窗之后，汤姆稍微松了口气。过了一会儿，天窗开了，一束光透了出来。有个人说："哦，是你，普德斯基。"

他回道："布朗尼奇在吗？"

第七章 大胆的提议

"不在,他打电话说今晚不来了。他要处理些事情,和汤姆·斯威夫特有关。"

汤姆从藏身之处探出身体,看着那两个陌生人。虽然看不清厨房里面的人,但是汤姆清楚地看到了刚刚从他们身边经过的人,他是个体格魁梧的小个子,有点秃顶。汤姆从没见过他。

他们又低声说了几句,汤姆听不清楚。然后普德斯基爬进了厨房,天窗关上了。

汤姆他们三个从藏身地出来,商量接下来怎么办。

"如果我们跟踪普德斯基,"艾姆斯说道,"他可能会带我们发现他的同伙,甚至有可能找到布朗尼奇本人!"

"要是我们不想跟丢,最好分开行动,守着俱乐部的各个出口。"汤姆补充道。

"好主意。"安保主任很赞同,"我去前门。汤姆,你去侧门。巴德,你守在这儿。"

两个男孩赞同艾姆斯的计划,他们分赴各自的蹲守地点。汤姆蜷缩在浓密的灌木丛里,在那儿他能清楚地看见侧门的情况而不被发现。

时间一分一秒地过去。身体坚硬和空间狭窄给汤姆带来了痛苦,他一次次变换姿势以缓解肌肉的酸痛感。

俱乐部的客人们终于出来了。一辆辆汽车从私人停车场开出来。员工下班的时候,大楼里的灯都关了。不久之后,艾姆斯赶来和汤姆汇合。

"普德斯基有动静吗?"他问道。

"他在干什么？"巴德没有耐心地抱怨着。

"我也想知道。"安保主任嘟囔着，"除非他还在里面。"

汤姆突然想到了主意，说："去天窗看看，可能没锁！"

他们急切地朝混凝土顶棚爬去。汤姆一推，天窗大大地敞开了！

他们悄悄地爬进厨房。厨房里一片漆黑，艾姆斯打开手电筒照向周围，照亮了厨房里的陈设：闪着光的白瓷砖墙壁、厨具、三个炉灶、两个木制长桌，还有一些装有菜肴和镀银餐具的架子。

这里绝对无法藏人。

"过来。"汤姆小声说，"到其他房间看看。"

他们一间一间地搜查着大楼里的每个房间，但是没找到普德斯基或是其他人的踪影。他失踪了，像布朗尼奇一样。

"他一定是在我们盯梢前从前门或是侧门离开的。"汤姆说道。

巴德咆哮着，"今晚的盯梢都白忙了？"

汤姆耸耸肩，说："没用了，我认为我们现在能做的就是通知警察。"

艾姆斯用俱乐部的电话给警局值班室打电话，并给罗克科长留言，告诉他刚刚发生的一切。之后，这三个人乘船到那辆红色敞篷车停着的地方，开着车回家了。

第二天早晨，汤姆继续完善他的新型挖掘机。很快，他为内

第七章 大胆的提议

置冷却系统规划出了设计细节。

接下来,他拿起电话,拨了一个斯威夫特企业集团的内部号码。

"请把装载着试验性挖掘机的拖拉机拖车开到我的实验室来。"他命令道。

拖车开来了,汤姆开始为新型挖掘机绘制图纸。他不时参考试验模型,或是调整内部零件,以进行严格的检查和测试。

汤姆匆忙地吃过午饭后,给在斯威夫特工程公司的奈德·牛顿叔叔打了电话。

"怎么了,汤姆?"

"奈德叔叔,工厂什么时候能开始生产我的新型挖掘机?"

"你画好图纸了吗?"

"是的,设计图已经定稿了。今天下午就把图纸送过去,明天上午能和工程师面谈。"

"真快啊,汤姆!很高兴听到这个消息。我会立即为这个项目成立一个专项组。顺便问一下,你需要哪种钢材?"

"最好的,我需要高强度合金,既能耐高温,又能抵抗腐蚀性气体。"

"好的。"奈德叔叔回答道,"我这儿有一批符合要求的铬镍合金。今天下班前我们会研究那些图纸!"

下午三点左右,汤姆完成最后一张草图,这时乔·温克勒顺路过来和他商量南极探险需带食物的事。

"停在外面的机器真是个奇妙的装置!"厨师补充道,"那

第七章 大胆的提议

就是你要用来挖隧道，通往地心的机器？"

"不全是。"汤姆咧嘴笑道，"那只是我的试验模型。运往南极的挖掘机会有些不同。"

"什么不同？"

"好吧，来看这些图纸。试验模型前端有一些突出在外的挖掘装置，而新型挖掘机则不会有，新型挖掘机的钻头周围有四个电极间隙，还有一根长导叶连着机器中心。"

"它们有什么用呢？"乔问道。

"哦，你看，原来的模型只是机械地碾碎泥土和岩石，而新型挖掘机突出的电极间隙会把遇到的岩石熔化。融化后的液体通过进气道流出来，下一步熔炼会在机器内部进行。产生的热气会通过后面的排气道喷出。"

乔一边咽口水一边挠着头。

"好吧，你要是这么说，我觉得它就是好用的。"他评论道，"但是看起来和我想的不一样。在我老家肯定没人想看这个东西在自家农场上爬来爬去！"

汤姆放声大笑。

"在我们去冰雪之地南极前你要测试这台奇妙装置，是吗？"厨师不安地问道。

"我告诉你一个秘密，乔。"年轻的科学家回答说，"我要挖一条穿过松山的隧道，获取更多的水以满足肖晋顿的需要。考虑再三，我最好马上开工。"

拿起电话，汤姆先给他父亲打电话争得允许，之后，他给自来水公司打电话，找格林纳普先生。

"喂，哪位？"董事长咆哮着说。

"格林纳普先生，您说过要挖一条隧道穿过松山到银湖里取水的事情。"

"怎么了？"

"我愿意为您做这件事。"汤姆说道，"不仅如此，我还不收一分钱。"

"什么！"格林纳普大吃一惊。紧接着，他疑惑地问："你有什么附加条件吗？"

"没有。"汤姆回答道，"这件事既能使我的地球挖掘机用于实际工作，还能造福整个社区。"

格林纳普沉默了片刻。

"你确实很慷慨。"他最终说道，"但是我要先和市议会的自来水委员会商量一下再给你答复。我可能明天上午给你回电话。"

第二天，汤姆迫切地等待着答复。快到中午时，格林纳普打来电话说委员会投票决定同意这件事，并向他表示感谢。

汤姆很高兴。午饭后，他开车前往工程公司与工程师们商量新型挖掘机投入生产的事。之后，他到奈德叔叔的办公室告诉他松山计划。

"考虑到放射性废气，你觉得这项计划安全吗？"牛顿先生问道。

"我不会用南极探险的挖掘机来挖掘隧道。"汤姆回答道，

第七章 大胆的提议

"我想为这项工作制作一个独一无二的款型。这个款型会用到大部分新设计,并能对设计进行检验。但是如果不用电动冶炼原理将岩石转化为气体,那么这台机器就只能使用机械研磨原理,像我设计的第一台机器一样。"

奈德叔叔想了一会儿。

"好的。"他同意了,"这项工作会帮助你解决新发明在应用过程中遇到的问题,可能还会使发明更加完善。但是这台机器的生产不能用镍铬合金,那种材料太贵了!你只能用普通的中等碳钢来做这台机器。"

那天下午晚些时候,汤姆和巴德回到了斯威夫特企业集团的私人实验室。结束了一天的工作,两个男孩正讨论着南极探险的事。

突然警铃大作。

"是雷达显示器。"巴德大声说,"等我打开仪器!"

两个男孩紧张地看着屏幕。扫描仪扫过屏幕,在五点钟区域出现了一个光点,并开始慢慢地向中心移动。

"一定是某种航天器。"巴德说道,"上面的飞行员有什么企图?"

"很快就清楚了!"汤姆说道,"走!"

他们冲到外面,抬头看着东南方向的天空。

"在那!"汤姆喊道。

一台直升机正在疯狂地盘旋向下!

第八章　报复带来的恐吓

直升机下落的时候不停地偏航,从一边到另一边,像疯了一样。

"飞行员一定是个新手!"巴德大喊着。

"他可能受伤了。"汤姆说道。

两个男孩又困惑又焦虑,他们无法帮助那架受损的飞机。

"争取看得清楚些!"汤姆大喊。他跑回实验室,不一会儿,拿着一架望远镜回来了。

"你能看清楚吗?"汤姆用望远镜看向天空的时候,巴德问道。

"看起来好像是飞行员出了问题。"汤姆回答说,"可是从这个角度很难确定。"

两个男孩一断定这架飞机的可能降落地点,就乘吉普车飞速赶了过去。

他们刚到达现场,直升机就撞在了地面上,发出刺耳的声音,其中一个着陆轮都变了形。驾驶舱里只有一个人,他正扶着操纵杆倒下去。

第八章 报复带来的恐吓

飞机失事救援车已经赶到事故现场。那两个男孩冲过去协助救援的时候，工厂的警卫和其他工人正从四面八方赶来。

"伤得重吗？"失事飞机抢救队队员把飞行员从驾驶舱里抬出来时，汤姆问道。

"好像没有受伤。"其中一个队员说道，"可能是颠簸使他失去了知觉。"

飞行员躺在担架上被抬进工厂医务室的时候，有了苏醒的迹象。他躺在简易床上后，眼睛颤抖着睁开了。

在头二十分钟，这位稍显强壮的男人脸色苍白。汤姆觉得他不是自己熟悉的当地飞行员。

对那个飞行员进行检查后，公司的医生说他没有伤到骨头，也没受其他伤。

"发生了什么？"汤姆问那个飞行员，"你把我们吓到了。"

"对不起，"他虚弱地说，"我一定是在操纵杆上昏倒了。我，我刚才正在驾驶，接下来我就只记得他们用担架把我抬到了这里。"

"你叫什么？"

"兰迪斯，杰里·兰迪斯。"那个男人准备起身，"哦，我，我还是回去的好。"

医生建议他再休息一会儿，说："因为今天下午你刚昏了一次，所以我不建议你这么快就起来，尤其是你没有副驾驶员。"

但是兰迪斯不想再待在医务室里了。"要是你不介意的话，

第八章 报复带来的恐吓

我把直升机放在这儿,明天上午派人来取。"他对汤姆说道,又转过身对医生说,"要是您能让护士为我叫辆出租车,我马上就离开,就不再麻烦您了。"几分钟后,兰迪斯离开了。

第二天一大早,汤姆和巴德开车去松山为挖山计划进行现场勘察。测量人员已经忙起来了,他们把通往银湖的预计隧道路线围了起来。

"伙计,看起来你好像要做一项颇费周章的工作!"巴德说道。

"会有很多令人头疼的事。"汤姆表示同意,"但是想想看,这会是一种怎样的经历!我都迫不及待地想要开始工作了!"

突然有人愤怒地大喊:"你们两个谁是汤姆·斯威夫特?"

两个男孩吃惊地转向喊话人,他已经站在了他们身后。那是个身材魁梧,面红耳赤的男人,穿着皱皱巴巴的深棕色制服,戴着一顶巴拿马草帽,嘴角叼着雪茄烟。

"喂,说话!我问你俩小崽子谁是汤姆·斯威夫特?"

"我是。"年轻的发明家冷冷地回答,"我能为你做点什么?"

"为我?"陌生人咆哮着,"你确实已经做了很多,你这个只会捣乱,而且不经事的傻瓜!你主动提出要免费挖一条穿过松山的隧道,是真的吗?"

"对!"

那个人把眼睛眯成一条缝儿,火腿般大的拳头朝汤姆脸上打来,并叫着:"我现在应该在这猛揍你一顿!"

面对他的粗鲁行为和侮辱性的话语,巴德不得不出手相助了。

"当心你的拳头,先生。"他说,"否则有人也得用拳头打你的喉咙,那个人就是我!"

巴德走上前,把陌生人的拳头拉了回来,很明显,巴德是说真的。巴德身材魁梧,肩膀和手臂肌肉发达,对那个大吵大闹的陌生人来说这不仅是一场比赛那么简单,可汤姆迅速地拦住了巴德。

"我会处理这件事的,巴德。"他转过头问陌生人,"你是谁?"

"皮肯,就是我!查尔斯·皮肯,皮肯工程公司的头儿。在你们之前,我们承包了这项挖隧道的工作,而现在你们骗走了我们三百万元的合同!"

"汤姆·斯威夫特从来没骗过任何人的任何东西!"巴德生气地大声声明,"自来水委员会十分感谢汤姆的提议,本市每个有公德心的人也是如此!"

汤姆平静地说:"做这件事我有自己的理由。除此之外,肖普顿严重缺水,我也很确定我能比你更快地完成这项工作。"

"这就是你想的!"皮肯嘲笑道,"可依我看,你绝不会挖完整条隧道!和我抢,你是自找麻烦!"他转过身,大步走下山去。

"汤姆,他真是个好战的家伙。"巴德嘀咕道,"我还是觉

第八章 报复带来的恐吓

得我们应该现在把这事就地解决！都是他自找的！"

"这不用解决任何问题，巴德。随他去吧。"

不过，那天上午稍晚些的时候，他们回到斯威夫特企业集团时，巴德向哈伦·艾姆斯说了今天遭到恐吓的事情。

"我听说过皮肯。"警卫科长说道，"他在商业竞争中不择手段，名声很坏。我们会留意他的！"

汤姆继续在私人实验室里研究南极挖掘机。他想到了提高能量转化器效率的新方法，就是使用原子反应堆的能量把坚硬的矿石融化并蒸发。

汤姆用计算尺快速地算出了一些方程式。他的计算是正确的，通过改变能量转换器的齿轮齿数比，使新的挖掘机在任何地方工作时都能比原来的挖掘机快25%到50%。

他决定立刻修改图纸。从试验凳子上站起来，汤姆向放着一摞图纸的架子走去，但是，图纸不在了。

"昨晚我一定是把他们锁在柜子里了。"他肯定。

他用电子钥匙打开柜子的锁，在里面翻找图纸，可是没有找到。

他迅速向电话走去，给在地下车库的巴德打电话。

"巴德，今天早上，你和我去松山之前，在我实验室里看见南极挖掘机的图纸了吗？"

"没有，我没看见。"巴德慢慢地回答，"怎么了？出问题了？"

"我希望没有。"汤姆担心地说,"可是我好像把图纸弄丢了。"

"我一会儿过去帮你找。"他的好伙伴儿说道。

"好的。"汤姆回答。挂断电话之后,他又找了所有的架子,还是没有找到图纸。

之后,他给特伦特小姐打电话。

"我找不到南极新型挖掘机的图纸了。"他说,"请帮我在办公室里找找,看看能不能在我的办公桌上或是其他文件柜里找到。在我爸爸的办公桌上也找找。"

"我找的时候不用挂断电话吗?"秘书问道。

"不,别着急,找仔细点儿。你找到图纸马上给我回电话。"

没等她的回复,他联系了防损总部,询问昨晚打扫他办公室的清洁工。可是,清洁工也不记得看见过那些图纸。

汤姆挂断电话的时候,巴德走进了他的实验室。

"运气如何?"他询问道。

"还没找到。"

两个男孩焦急地彻底检查了实验室里的每一个抽屉和储物箱。但是直到特伦特小姐回电话的时候,他们还是没找到图纸,特伦特小姐告诉他们,她也没找到。

汤姆放下电话,一脸阴沉地转向他的朋友。

"巴德,我担心那些图纸已经丢了!"

第九章　湖上追击

汤姆和巴德沉默地看着对方，十分沮丧。汤姆打破了沉默。

"我们最好立刻向哈伦·艾姆斯举报那个偷图纸的贼！"

"对！"

五分钟之后，两个男孩来到安保楼，进了艾姆斯的办公室。科长严肃地听着汤姆讲图纸被偷的事。

"会是谁偷的，能想到什么人吗？"他问。

"能想到很多人，但没有证据。"

"好吧，有谁有机会偷图纸呢？"

汤姆回答之前，巴德打了个响指。

"我敢打赌是谁干的！今天早上和我们吵架的那个固执的承包商——查尔斯·皮肯！"

汤姆有不同意见。"我不认为皮肯和这件事有关。"他说道，"如果贼是个外人，他一定要戴一个和我们的电子腕表相似的东西，避免被雷达显示器发现。只有训练有素的科学家才能设计出这样的东西。"

"也就是说，可能是像布朗尼奇或是普德斯基那样的人。"

艾姆斯说道。

汤姆沮丧地点点头。电子腕表是安装在手链里的一个装置，在斯威夫特企业集团工作的工人和与斯威夫特企业集团有业务往来的客人都要佩戴。其目的是阻碍雷达脉冲，使雷达显示屏上不会出现光点。

"我可能说的不对。"汤姆继续说，"但是我预感那个贼就是藏在直升机里偷渡进来的。"

"现在来不及检查了。"艾姆斯说，"今天一大早兰迪斯就打电话来说要他的飞机，还亲自把它开走了。"

汤姆的右拳生气地打到了左手手掌上，说："我没在第一时间怀疑他，真是蠢！那是个完美的骗局！"

"你是说他只是假装失去意识？"巴德问道。

"当然。那个贼可能一直藏在直升机里，等着我们把兰迪斯抬进医务室，然后他就偷偷溜出来，趁实验室的门开着的时候偷走图纸。在那之后，他要做的就只有藏好，等着兰迪斯今天早上把他带走！"

"听起来好像是找到问题所在了，朋友。"巴德表示赞同，"这就是说我们现在要找到兰迪斯。"

"如果他有飞机驾驶证，那么我们可以通过民用航空管理局追查到他。"艾姆斯说道，"我要立刻给他们打电话。"

艾姆斯给民用航空管理局打电话的时候，两个男孩回到了汤姆的实验室。乔·温克勒为他们准备了午餐。刚过下午两点，艾姆斯回电话了。

第九章 湖上追击

艾姆斯说："杰里·兰迪斯是一个有驾驶证的直升机驾驶员。尽管他目前的地址还不清楚，但是他的驾驶证都是按程序办的。已经通知警察密切注意他，可是目前他和他的直升机还没有找到。"

"还有件事你可能感兴趣。"艾姆斯最后说，"我们的朋友兰迪斯也是荣耀俱乐部的会员！"

汤姆把这个消息告诉巴德的时候，桑迪和她的朋友菲利斯·牛顿走进了实验室。菲利斯是个漂亮的女孩，长着黑色的长头发和一双棕色的笑眼，她是奈德·牛顿叔叔的女儿。

"你们两个想出去吗？"桑迪愉快地问道。

"去哪儿？"巴德回答。

"喂，汤姆，你没告诉他吗？"桑迪转向他的哥哥，困惑地皱着眉。

"天呐，桑迪，我刚才太忙了，忘记了！"

巴德看了看哥哥，又看了看妹妹，说："好吧，别故弄玄虚了。怎么回事？"

"桑迪想约我们出去玩。"汤姆解释道，"今天下午我们要乘玛丽·内斯特去湖上进行帆船运动。"

玛丽·内斯特是桑迪装扮整洁的时尚新帆船，斯威夫特夫人为它起的名字。

"我想试试它的速度。"她转过身对巴德说道，"你看，游艇俱乐部这个季度的决赛就在下周六举行，这可能是我在赛前最后一次试验我的帆船了。"

"太棒了！"巴德大声说道，"还等什么？走吧！"

巴德喜欢所有的室外运动项目，尤其是帆船运动。

但是，汤姆犹豫了："抱歉，伙伴们，可我有很多事情要做！恐怕这次我不能去了。"

女孩们发出了抗议。

"汤姆，你不能让我们失望，我和菲利斯就指望你了！"桑迪抗议道。她急忙从背包里拿出大赛声明的副本，补充道："看看这些报名参赛的人吧！除非你为我们示范划帆船的角度，否则我们是无法与他们竞争的！"

这时，汤姆吹了一声口哨。他慵懒地扫了一眼参赛者名单。

"巴德！看！"

"怎么了？"

"兰迪斯，杰里·兰迪斯！他的名字在参赛者名单里！"

巴德从汤姆的肩膀上，亲自看过来，说："好啊，我要扮成跳跃式战斗机驾驶员！"

为了解除女孩们的困惑，汤姆和她们讲了兰迪斯的直升机降落和后来挖掘机图纸被偷的事。

"如果兰迪斯先生与此有关，你就更应该和我们在一起。"菲利斯说，"你可能看到他也在湖上做帆船运动"。

"嘿，是个好主意！"巴德大声说。

"聪明的女生，菲利斯。"汤姆钦佩地笑了，"好，你说服我了，走吧！"

四个人乘着巴德的敞篷车很快就踏上了前往卡罗帕湖上肖普

第九章 湖上追击

顿游艇俱乐部的路。

玛丽·内斯特正停在俱乐部的船坞里。它拥有闪光的船体和光滑的线条,做工精致。

当他们升起船帆出发时,汤姆坐在驾驶员座舱里,准备用他的望远镜仔细观察湖面。

天气特别适合做帆船运动,炎热的太阳照着水面,水面波光粼粼,伴着阵阵微风漾起微波。湖上满是帆船,帆船划过蓝色水面,好似优雅的白色海鸟。

巴德掌舵的时候,汤姆正通过望远镜观看每一艘进入视野的帆船上面的人。

突然,他放低望远镜,转向巴德。

"看看你能不能追上我指的那条帆船。每次它一进入我们的可视范围就会逃脱,而且那艘帆船上开船的人还尽量避免朝我们所在的方向看。"

巴德没有一丝犹豫就朝着汤姆刚刚说的那艘帆船追了过去。但是每当玛丽·内斯特要靠近的时候,那艘帆船就会迅速地开远。

"好吧,一定是兰迪斯。"巴德赞同地说道。

"不论是谁,总之他好像不想和我们碰面。"菲利斯说道。

现在,这两艘帆船陷入了一场心照不宣的追逐。和玛丽·内斯特一样,那艘帆船也是一艘快速帆船。很显然,掌舵的男人要开往一个距离游艇俱乐部远一些的公共码头。

然而，巴德娴熟地驾驶着玛丽·内斯特顺风行驶，离那一艘帆船很近了，确定了掌舵的男人正是杰里·兰迪斯！当两艘帆船并排行驶后，汤姆越过船舷，跳到了兰迪斯的帆船上。

兰迪斯稍作抵抗，但是，很显然，他没想和汤姆打架，因为当巴德和两个女孩也上了他的帆船时，他突然允许他的对手把船开回游艇船坞。

几分钟后，他们上了岸。"好了，我们谈谈吧！"他严肃地说，"是谁让你伪造了昨天在斯威夫特企业集团的意外着陆？"

"我不知道你在说什么！"兰迪斯咆哮着说。

"看！"汤姆抓着他的运动衫前襟说道，"我不想打你，但是你不够幸运！"

汤姆没想过要伤害兰迪斯，可是这样的威胁立刻起作用了。飞行员兰迪斯完全崩溃了。他用手捂着脸，讲出了事情的来龙去脉。

"不是我的错！是布朗尼奇，艾弗·布朗尼奇，是他指使我的！"

"什么意思，他指使你的？"汤姆冷冷地问。

"我欠他钱，很多钱！他会杀了我。但是他说如果我能带他飞进实验站，那么我欠的账就一笔勾销。我知道我违反了规定，但是，我没看到他破坏实验站啊。"

"当然没有。"巴德咆哮着挖苦道，"他想要的是汤姆新发明的图纸！"

第九章 湖上追击

"我不知道他要干什么！"兰迪斯发着牢骚，"我发誓我不知道！他告诉我他只是想测试他发明的新的反雷达装置。我认为你们已经在那里布下了警卫和防护设施，他不可能搞什么破坏。直到今天早上我把他带回来，我才发现他偷了图纸。"

"然后呢？"

"他告诉我要保守秘密，不用担心，因为他要离开这个国家去做一项试验。我问他去哪儿，他笑着说也许是到南极！"

"南极！"巴德大喊。

汤姆向他的朋友使了个眼色，接着巴德换了话题。

"布朗尼奇要什么时候开始他的试验呢？"他问兰迪斯。

"他没说。"

那天下午，汤姆表情严肃地在斯威夫特企业集团向哈伦·艾姆斯讲述这件事。

"你想把兰迪斯怎么样？"安保主任问道。

"带他去警察总局，但不会正式起诉。不管怎样，他们都会对他进行进一步询问。"

接下来的几天，艾姆斯辛苦地努力确定布朗尼奇的位置，但是那个外国特工好像消失了。与此同时，汤姆重新画了图纸，并加速制作那两台新型挖掘机。一天上午，年轻的发明家汤姆和他的父亲在汤姆的私人实验室里讨论着模型的制作过程。

"这是我设计的南极挖掘机的启动台草图。"汤姆说着，在他父亲办公桌上展开了一张图纸。

结构由主梁和I字梁组成，看起来有点像一个倒过来的火箭发

第九章 湖上追击

射平台。挖掘机起飞时钢轨会起到引导的作用。斯威夫特先生认真地研究着图纸。

"我相信会取得成功的,很好,儿子。"他说道,"当然你的设计只为绝对值最小的原子反应堆防护物预留了空间,但是这会带来更大的困难。这意味着启动要通过遥控的方式完成,以确保你和其他人尽量少接触到危险的辐射。"

汤姆若有所思地点点头说:"我已经准备好了,爸爸。"他继续描述为操纵这台机器而设计的遥控系统。

"顺便说一下,汤姆。"斯威夫特先生补充道,"我有些东西要给你,这可能是个惊喜!"

第十章　决定性测试

汤姆困惑地向下看，他的父亲打开办公桌最上面的抽屉，从里面拿出一张纸，上面写着奇怪的数学符号。

汤姆兴奋地喊着，一把抓过那张纸。

"爸爸！这是从太空朋友那儿得到的新消息？"

"是的，儿子。这是由火箭实验室的一个示波器获得的。"

第一个这样的消息是由黑色的流星形导弹从外太空传回来的。外太空里设有以斯威夫特企业集团实验站为依托的精确的精度。

汤姆在指挥成功启动第一架火箭的时候，后续消息陆续传来。汤姆和巴德在绕地轨道上启动火箭时，其中的一些消息曾救过他们的命。

"这个消息您转换过来了吗？"汤姆问道。

"没有全都转换。我认为如果你有时间的话，我们可以一起完成。我预感这些信息是关于整体结构的，就是之前我们想知道的那些。"

第十章 决定性测试

发这个消息的可能是火星人，他们掌握着星际旅程，但是需要人类帮助他们解决如何穿透地球高密度大气层的问题。

汤姆拉过一把在他父亲办公桌旁的椅子，他的父亲拿出了两本小册子，把其中一本递给了汤姆。

这两本小册子是太空字典的副本，斯威夫特先生已经把他们目前需要转换的符号的含义编入这本字典，这大大加快了破解新消息的速度。

在将近一个小时的时间里，父子俩一直在仔细研究那份最新传来的消息。他们十分勤奋，数学计算已经用了几页纸，他们尝试着转换那些信息。

后来，他们停下了，困惑地看着彼此。

"有结果吗，儿子？"斯威夫特先生问道。

"还不确定，好像不对。您呢？"

"我得出最为接近的结果是他们的主体覆盖着盔甲状的硬片，而且他们在沿着地表爬行。"

汤姆看着自己的结果叹息道："我知道哪里出错了！"

"怎么了？你得出什么结论？"

"按照我的结果来看，他们是通过心灵感应进行沟通的，而且每个人有两个大脑！"

父子俩又一次困惑地互相对视，陷入了沉默。之后，他们俩放声大笑！

"好吧，在一件事情上你是对的，儿子。"斯威夫特先生轻声笑着说道，"那就是我们的转换结果错了！"

"我不理解的是我们得出的结果为何如此不同？"

"恐怕这是我们从没接收过的新符号。他们一定会改变其他符号的含义。但是怎样改变呢？这确实是个需要大量脑力劳动才能解决的问题。"

"我觉得不得不把它放到南极探险结束后再解决了。"汤姆说道。汤姆无奈地笑了，他把刚才计算用的纸揉成一团扔进了纸篓里。

一个星期后，三个被派来参与探险计划的政府科学家来到了斯威夫特企业集团。他们应邀来参观原子能地球挖掘机的首次实际测试——开辟松山隧道。

斯威夫特先生因去大本营的斯威夫特家族原子能工厂出差而缺席了欢迎仪式，汤姆和巴德组成了欢迎委员会迎接这三位客人。

三位科学家中年龄最长的是世界知名的动物学家安东·费伯博士。他是个又高又瘦的头发花白的老人，戴着一副眼镜，厚厚的镜片后面是一双敏锐的铁灰色眼睛。

"请允许我介绍一下我的两位同事。"在与汤姆和巴德握手之后他说道，"右手边这位是达丽尔·布莱克，一位才华横溢的年轻植物学家，他最想加入这次旅行。"

布莱克是一位强壮的小伙子，脸上长有雀斑。他咧嘴笑着，迅速地伸手和这两个男孩热情地握手。

"谢谢您的称赞，博士。但是对这个任务，我确实充满热情。我渴望用我了解的南极植物做试验。"

第十章 决定性测试

"我没听说南极有植物啊。"巴德说道。

"可是确实有。"布莱克回答道,"还是一些有趣的植物,其中一些和针头一样大,因为它们每年只拥有很少的阳光为它们的生长提供条件。"

费伯博士笑着打断了他的话,说:"哦,亲爱的小伙子。你如果开始聊你喜欢的话题,那我们就要在这里站到中午了。我还没介绍我们的第三个成员呢——哈罗德·沃里斯先生。"

沃里斯是一位电气工程师,专长是热测量。他是个高大英俊、体格强壮的家伙,有些自命不凡,这使得巴德立刻就不喜欢他了。

"你们这么年轻就参与这样的工作了?"他带着自以为是的笑容说道。

巴德故意俯下身体,向前侧着一只耳朵,慢吞吞地说道:"告诉你,哈尔,老先生。您可能是想看看我们耳朵后面的毛干了没有。"

沃里斯的笑容突然消失了,说:"恐怕还没有。顺便说一句,我不喜欢别人叫我哈尔。那是个我不喜欢的绰号。"

为了缓解尴尬,汤姆提出去吃午饭,之后去参观斯威夫特工程公司工厂,顺路看看快要完成的两个挖掘机。

当天下午他们检查大型机器的时候,汤姆大声说:"这个,是我设计的用于挖隧道的模型,和您刚刚看到的那台个一样的是,这台是机械操作,而不是把岩石熔化、蒸发。"

沃里斯正在仔细检查稍后要放置小型原子反应堆的区域。

"我现在就可以告诉你,这部分用波束错得太离谱了。"他嘲笑道,"传热壁的厚度完全不够。当然正确的设计要基于某些你可能不熟悉的热力学公式"。

"你是说它们?"汤姆拿出一个笔记本,草草写下一些公式,不动声色地问道。

沃里斯吃了一惊,瞥了一眼那些公式,勉强承认他刚才说的就是那些。

"也许我们现在最好进行一番检查。"汤姆建议道,"如果出了差错,我希望尽快解决。"

在小型计算尺和从公司工程师那儿借来的手册的帮助下,汤姆和沃里斯开始推算那些公式。

汤姆先完成推算。几分钟后,沃里斯也完成了。对比两人得出的结果时,沃里斯的脸一下子红了。

"好吧……嗯……我……嗯……似乎说得太早了。毕竟,你的数据好像是正确的。"

巴德轻拍着沃里斯的后背,笑着说:"对不起,哈尔老男孩,即便是最聪明的大脑也有不太好使的时候!"

随着费伯博士大声咳嗽,达丽尔·布莱克转过脸偷笑,而沃里斯狠狠地怒视着巴德。

三天之后,廉价钢制成的挖掘机已经准备随时可以投入使用了。到了进行松山决定性测试的时候了。

汤姆·斯威夫特的新发明将在当天上午九时开挖隧道的消息刊登在了前一天的《肖普顿晚报》的头版,广播和电视的新闻也

第十章 决定性测试

播报了这条消息。

因此,松山周边地区挤满了人,不得不叫警察来劝阻围观群众。

三个政府科学家费伯博士、布莱克和沃里斯都在现场准备见证这一过程。汤姆向他们展示了拟建隧道布局的图纸。

"挖掘机将会从这里开挖。"他解释道,"在一段向下倾斜二十度的斜坡上操作。之后,这台机器将会水平前进,挖一条通往山中部位的直线通道。这些完成之后,我们会在山的另一侧进行同样的操作,两条隧道会在山中部汇合。"

"那些长金属管呢?"布莱克指着几根整齐地堆放以备使用的大管子问道,"它们能做什么?"

"挖掘机挖进山里以后,这些管子会一个接一个地连接在一起,形成一条长长的挠性管。"年轻的发明家汤姆说道,"地面上的土和岩石会经过这条管子被吹出来"。

从斯威夫特企业集团挑选出来的工人正在待命,等着开始操作。那台挖掘机带着几节管子在山坡边准备就绪。

距离挖掘机18米的水平地面上停着一辆可移动的手推车,上面安装着汤姆的遥控室。

汤姆走到遥控车那边,爬了上去,他的心因兴奋而怦怦直跳。他知道,以后的一切都将取决于今天的测试结果。

透过控制室的窗户,汤姆看着工程队的领班,那个领班说了一声"准备就绪"作为回应。

汤姆深深地吸了口气,打开启动开关,推下控制杆。挖掘机立刻发出雷鸣般的轰响开始工作。当机器的钻头稍稍钻入山体的时候，大量粉末状的土和岩石从管子末端涌出。

想到地下最终会形成一条长长的隧道，围观群众就情不自禁地鼓掌欢呼。但是挖掘机的轰响几乎掩盖了那些声音。

短短几秒钟，这台机器就在向下的斜坡下面挖了一半的路程了。

突然，爆炸震动了山坡。地球挖掘机和大量的泥土被炸到了汤姆的控制室附近。

第十一章 人为破坏

岩石和泥土喷向人群时,他们发出阵阵尖叫声和哭喊声。汤姆的控制室也遭遇了泥浆的洗礼。那台坏掉了的挖掘机停止不前!

汤姆脸色苍白,摇摇晃晃地跳了出来,愤怒的喊声从四面八方袭来。

"疯狂的机器会要了所有人的命!"一个胖胖的中年男人吼道。

一位妇女尖叫着:"这是公共危险!警察应该逮捕他!"

汤姆咬紧牙关,努力忽视那些愤怒的评论。巴德叫来一辆救护车,在费伯博士和达丽尔·布莱克的帮助下,他为需要的人提供急救。幸运的是,人们最多只是受了轻微的划伤和擦伤。

在照顾好受伤者之后,汤姆转向负责警务细节的警官。

"您能派您的属下清理一下现场吗?我要彻底调查究竟发生了什么。"

"很明显,不是吗?"沃里斯插话道,"和我一直猜测的一样,你的挖掘机设计有误。一旦碰到基岩,它就无法继续前行了。结果就是产生反作用力使气流倒行。"

警官似乎很同意这种推理，但是汤姆摇了摇头说："我敢保证这次事故不是挖掘机造成的。"

"什么意思？"沃里斯问道。

"我的意思是有人在这安装了遥控炸弹以摧毁我们的工作，或许想同时也把我给炸飞了！"

"听起来像是皮肯干的。"巴德猜测道。

"很可能。"汤姆说，"为以防万一，我们会对他进行调查。但是我认为这件事的主使是布朗尼奇。他可能希望通过这次爆炸使挖掘机看起来毫无价值，这样政府就会取消我们的南极探险计划。"

安东·费伯若有所思地点点头。灰白头发的科学家和他的两个同事已经听说了布朗尼奇的种种行为。

"这件事无疑具备了人为破坏的所有特征。"他同意地说道，"你的挖掘机变形了。"

几分钟后，哈伦·艾姆斯和他的四名工厂警卫风风火火地赶到现场。在听了简短的事故介绍之后，他命令警卫成扇形散开去寻找线索。接着他和汤姆从人群中挤进了隧道的入口。

在电灯笼的指引下，他们检查了前方墙壁，挖掘机就是在那里停下的。那里有明显的爆炸留下的痕迹。

年轻的科学家和安保主任出现在隧道口时，一个工厂警卫为他们拿来了一些炸弹碎片。

"在废墟周围找到的。"他解释道。

第十一章 人为破坏

那天下午,《肖普顿晚报》上隧道挖掘出事的消息轰动了整个小镇,这条消息提到了炸弹碎片。通过公布这些细节,汤姆希望能使群众放心。

整个下午,斯威夫特企业集团、斯威夫特工程公司和报社都忙得一塌糊涂,不断地接听愤怒的群众打来的电话,接收他们发来的电报。

投诉的焦点是相同的,那就是不要让汤姆·斯威夫特再用公共财产做任何疯狂的试验了!

当天晚上,年轻发明家回到家,他觉得自己的体能快要透支了。他重重地坐在安乐椅上时,电话响了。

"我来接。"他的妹妹桑迪从电话处对他喊道,"要是讨厌的人打来的,我会发火的!"

过了一会儿,她惊讶又稍有不安地走向他的哥哥。

"汤姆,是市长,他想和你说话。"

汤姆走到电话前,拿起听筒,说:"你好,市长先生?"

"汤姆,恐怕局面有些失控了!"德拉蒙德市长担心又疲惫地说,"公众舆论十分不利,以至于市议会的半数议员要求取消这个计划。"

汤姆提出抗议:"但是机器并没有出毛病。炸弹碎片可以证明,这明显就是人为破坏!"

"这就是问题的症结所在!一些人认为前方还埋了更多的炸弹!"

汤姆被突然的警告惊到了。他没有想到会有这种可能。

"告诉大家我们会立即采取防范措施。"他承诺,"如果有任何危险迹象,我会立即报告!"

他给哈伦·艾姆斯打电话,命令工厂的安保要时刻监视挖掘区域。之后,他联系了汉克·斯特林,告诉他组织技术人员,带好探雷针来现场。

"用公司的卡车把他们送到松山,我在那儿等你们。"

当汉克和他的技术人员赶到的时候,汤姆清晰地命令道:"我希望用探雷针搜索挖掘区域周围90米以内的每一寸土地!"

"我们马上行动。"汉克说道。

技术人员被派到拟建入口和山坡上的各个地点。他们立刻开始工作。搜索人员在那一区域走来走去的时候,围观群众焦急地看着。

不到一个小时,汉克报告说这一区域没有危险。

"好!"汤姆说道,"现在我们去对面看看。"拟建隧道的另一入口所在地已经被测量人员明确地标出了。技术人员拿着探雷针成扇形散开四处搜索的时候,汤姆在紧张地等待着。

突然,一个技术人员打来电话。汤姆和汉克跑了过去。汤姆把听筒放到自己的耳边,他听到了嗡嗡的噪音。这表明附近有金属。是炸弹吗?他猜测。

"好,让所有人撤离。"年轻的科学家指挥道。

汉克紧握着汤姆的肩膀说:"听着,汤姆,这些遥控炸弹很敏感,有些一触即发。为什么不给调查局打电话,让专业的拆弹

第十一章 人为破坏

小组来完成这项工作？"

汤姆倔强地摇着头，说："炸弹在那里多放一秒钟就多一份危险，而且叫局外人来拆弹有推卸责任之嫌。这是我的项目，风险应该由我来承担！"

汤姆在圈定地点前弯下腰，开始轻轻地清除泥土。终于，一块黑色金属出现在眼前。

"是炸弹，没错！"他低沉地喃喃自语道。

汤姆的额头冒出了汗水。他屏住呼吸，开始拆除引线。汉克·斯特林和技术人员们在安全地带紧张地看着。看到汤姆解除了炸弹的触发装置之后，人们松了口气，紧接着响起了一片欢呼。

汉克冲上去向汤姆表示祝贺时，汤姆已经四肢无力了。

"干得漂亮，汤姆！"方下巴的工程师搂着汤姆的肩膀呼喊道。

汤姆到家以后给德拉蒙德市长打了电话。他希望政府在得知挖掘区域已经完全安全的消息后会如释重负。但是他又收到了令人不愉快的消息。

"很抱歉，汤姆。"德拉蒙德市长说道，"委员会的一些委员被迫进行最后表决，明天早上我们要投票决定你的计划是否需要终止。"

第十二章　阿拉斯加之行

第二天早上，汤姆的一群朋友聚在他的办公室里，焦急地等待着投票结果。

"如果那些傻瓜决定终止这项计划，"巴德大吼着，"民众就应该让他们亲自用勺子和指甲锉去刨隧道！"

尽管汤姆很焦虑，但他露出一丝苦笑，什么都没说。

十一点了，市政大厅里还是没传出任何消息。一刻钟过去了，又一刻钟过去了……

"把我的热电堆拿来！什么事情让他们这么吵？"乔紧张地问道。

"一定是吵起来了。"汉克·斯特林猜道，"我们还有希望。"

快到十二点时，电话响了。除了汤姆，大家都站了起来。这位年轻科学家接电话的时候面无表情。

"喂？哦，是的。德拉蒙德市长……他们同意了，嗯？非常感谢您的支持……当然，没问题……再见，市长先生。"

汤姆挂断电话，实验室里一片安静。过了一会儿，他用手揉

第十二章 阿拉斯加之行

了揉眼睛，肩膀耷拉着。

巴德终于忍不住了，问道："反对？"

汤姆轻松地咧嘴笑了，让所有人大吃一惊。

"赞同，伙计！他们刚才投票同意让我们继续挖掘隧道！"

紧张的氛围一下子烟消云散了，大家聚在汤姆身边一边拍着他的背，向他表示祝贺，一边说笑着。然而汤姆知道，真正的考验才刚刚开始。

一天之内，挖掘机上被炸坏的防护层被修好了，挖掘工作可以继续进行。有一些民众在现场围观，而这一次，他们都保持沉默，有些不友好。

不过，第一天的工作成绩是鼓舞人心的。在结束了整整一周的工作之后，隧道已经完成了一半。

现在，肖普顿的公众舆论变得对汤姆有利。在山的另一侧施工时，每天都有越来越多的民众出来围观。

打通隧道的那一天，松山上将举行庆祝仪式。市长和市议会的其他人都来到了现场。

汤姆驾驶着挖掘机要把两段隧道之间最后几米的厚土层挖掉，将隧道打通。

那台机器的钻头清除掉最后的障碍时，控制室外的红灯亮起，警铃响了起来。围观群众欢呼雀跃着向汤姆表示祝贺，汤姆开心地笑了。

德拉蒙德市长发表了简短的讲话，赞扬了年轻的科学家和他取得的成绩。围观群众再次爆发出雷鸣般的掌声。

然而，乔·温克勒酸溜溜地旁观着。他无法忘记就在不久前，这群人还谴责他挚爱的年轻老板是公共威胁。

前期挖掘工作已经完成，转动轴一直在隧道里穿行，所以，拓宽隧道尺寸的工作进展很快。紧接着，建筑队带着钢材和混凝土来到了施工现场。

松山庆祝仪式结束后的一个星期左右，汤姆、布莱克、费伯和沃里斯一起在他的私人办公室里召开会议，他们为南极探险制定最终计划。当然，巴德也参加了这次会议。

沃里斯居高临下地说道："你知道，我希望我们这些高级科学家一定要随身带上大量的设备。而作为政府的代表，我们的东西要优先对待。那么，这些设备要怎样运走呢？"

汤姆在回答前向巴德递了个眼神，两人心领神会。

"沃里斯先生，我保证飞机上有足够的空间。很高兴，您能提出这样的问题。我希望您能尽快为我们提供一个设备列表，这样我们就可以开始制定储物计划了。"

"我和布莱克已经整理好我们要带的设备了。"费伯博士不动声色地说道，"这是我们要带的全部物品的清单，我认为还是有地方放原子能地球挖掘机的。"

他那双灰色的眼睛在厚厚的玻璃镜片后面眨着。汤姆咧嘴笑了，他意识到这位杰出的科学家也感觉到了沃里斯有一点妄自尊大，就像自己和巴德所感觉到的一样。

第十二章 阿拉斯加之行

"顺便问一下，教授。"年轻科学家汤姆说，"您和您的朋友愿意看一下我们的飞行实验室'蓝天女王'的布局吗？"

"非常愿意！"费伯低声说。

汤姆带着他们前往地下飞机库，用电子钥匙打开滑动铁门。他们一行人走下楼梯。楼梯旁停着一架银光闪闪的巨型飞机，机翼轻盈地向后收起。

汤姆和巴德乘着"蓝天女王"挑战过很多次惊人的探险。

这架巨型飞船是以原子能为动力的飞行实验室，配有最先进的科学设备。上面有一架小型名叫袋鼠袋的喷气式飞机，和一架名叫滑行船的喷气直升机。

飞机第二层舱板的中部是实验室。实验室里面安装了隔音设备和空调。实验室由很多个隔间组成，每个隔间里的设备各有不同，都是用于某项专业科学研究的。

"感觉如何？"汤姆对达丽尔·布莱克问道。

这位满脸雀斑的科学家吃惊地看着隔间内的陈设：显微镜、植物生长罐，为水培法试验准备的储量充足的化学营养盐，以及其他一切物品。

"喔，太棒了！"他惊呼道，"用这些设备我能在南极做任何试验，就像在我的W城实验室里一样！"

费伯博士也被眼前的实验室震撼了。

"这架飞机是科学家梦寐以求的，竟然实现了！"他大声说道。

"这些隔间是为进行各种不同类型的试验设置的,所以我觉得您二位不妨和我一起乘坐'蓝天女王'飞上天空。"汤姆对他们说道。他还决定让沃里斯和巴德乘喷气式运输飞机飞往南极。

那天下午晚些时候,汤姆和巴德说了自己的决定,巴德哼了一声。

"哦,天呐!你是说我要和那个自负又饶舌的家伙一起飞到南极去?"

"放松点,伙计!"年轻科学家汤姆笑道,"以喷气式飞机的速度,这次旅程不会用太长时间。顺便说一下,你的那架飞机会配有两套着陆轮。"

巴德一头雾水,问:"为什么?"

"其中一套是平时用的着陆装置,而另一套是安装了金属钉的特殊轮子,用于冰上着陆。你的那架飞机上还要乘坐滑雪运动员,协助飞机雪上着陆和起飞。"

"这次探险你打算用多少架飞机?"

"我想总共四架。除了'蓝天女王'和你乘坐的那架,还会有另外两架喷气式运输飞机。我打算让你负责那两架飞机,还有你自己乘坐的那架。"

汤姆继续说那两架运输飞机将会用于携带备用的衣服和食品、建造人住冰屋的机器、其他各种各样的机器、一台为冰洞增温和通风的空调,以及拖车和履带式雪上汽车,另外还有一台备用的挖掘机。

第十二章 阿拉斯加之行

"带它做什么？"巴德问道。

"以防万一。挖掘过程中，主挖掘机可能会被坚硬的地壳压碎或牵制，或者转动轴会被堵住。无论怎样，如果没有准备备用设备，我们会很被动。"

"我明白你的意思了。"巴德说，"说到主挖掘机，我觉得我们可以把它装上'蓝天女王'，怎么样？"

"可以，直升机也可以。但是我认为我们不能携带袋鼠袋了。"

巴德用手指敲着桌子，若有所思，接着他又说道："好吧，机长，我一直在想这次探险带着雪橇犬和雪橇可能是明智之举。他们可以带我们去连履带式雪上汽车都去不了的地方。并且雪橇犬绝不会像发动机一样，时而停滞不前或坏掉。"

汤姆点点头，说："好主意，巴德。如果我们要带上一些雪橇犬的话，我们不得不带飞行犬舍。"

巴德支持汤姆的想法，并申请驾驶那架运雪橇犬的飞机。一番讨论之后，汤姆同意了这样的安排。

他们还决定第二天去购买雪橇犬和雪橇。

"我们可以带上桑迪和菲利斯一起去。"汤姆提议。

"现在你说的才像个真正的天才说的话，伙计！我们立刻给她们打电话吧！"

第二天上午九点，"蓝天女王"从地下机场开了出来。飞机准备起飞，汤姆、巴德和两个女孩上了那架巨型银色飞机。

汤姆打开核动力发动机。过了一会儿，动力输送到喷气机举升机，这架巨型飞船升上天空。

桑迪、菲利斯和两个男孩一起坐在驾驶室前面。

"你打算去哪个地方买雪橇犬？"菲利斯问。他们正乘坐着那架飞船以比光速还快的速度跨越大陆。

"从一位叫乔治·伊格尔·弗恩德上校的原住民那儿。"汤姆回答道。

"天呐，他相当有名！"

"听爸爸说他是个很厉害的人。弗恩德上校写过一部很精彩的战地记录，现在他在养能用来拉雪橇的狗。他和我爸爸是老朋友。"

中午时分，他们乘坐的巨型飞机降落在了机场。他们走下飞机就感觉到了冬天气息。

这四个人在当地一家餐馆吃了午饭，之后乘出租车前往距离小镇不远的犬舍。

伊格尔·弗恩德上校是一个血统纯正的原住民，他向汤姆一行人表示了热情的欢迎。他的身材非常棒，像火箭一样高大挺拔。

"欢迎你们！很遗憾老汤姆先生没能一块来。"

他们舒服地坐在他漂亮的原木小屋里时，汤姆和他讲了此行的目的。

"我们想买一些品种优良的雪橇犬和一些必要的设备。您知道，我们要去南极探险。"

上校很惊讶，眉毛上扬着："又是南极探险？"

第十二章 阿拉斯加之行

汤姆十分困惑,说:"您什么意思?这是我们进行的首次南极探险。"

"我的意思是我刚刚卖了全套装备给另一个人,他也要去南极。"那个原住民解释着,"你们可能认识他。"

第十三章　雪橇犬带来的麻烦

"他叫什么名字?"汤姆吃惊地问道。

"他说他叫史密斯。"原住民回答说,"但我怀疑那不是他的真名,因为他有很重的口音!"

"布朗尼奇,我敢打赌!"汤姆向伊格尔·弗恩德上校描述那个克兰乔维亚的破坏分子时,巴德愤怒地说道。

"就是那个男人。"原住民说,"你的描述和他完全吻合。我猜你们之前和他的计划有过交集!"

"大多数时候,是他一直在干扰我们的计划!"巴德大声说,"他炫耀的那件神秘发明其实是属于汤姆的。他从斯威夫特企业集团偷走了机器的设计图纸!"

"事实上,他是克兰乔维亚政府的特工。"汤姆补充道,"因从事间谍活动和其他不法活动而被通缉。而现在,他似乎是想在南极打败我们!"

年轻发明家汤姆向上校讲了原子能地球挖掘机和到地心取铁的计划。

"哦,至少我可以为你提供一队品种优良的雪橇犬。"原住

第十三章 雪橇犬带来的麻烦

民说道，"我会为你挑选犬舍里最好的犬。"

他们又一次穿上外套，他们一起向小屋的后院走去，雪橇犬就养在围有金属网的犬舍里。

随着伊格尔·弗恩德上校靠近，那些犬急切地大声叫着，贴着金属网跳，兴奋地摇着尾巴。它们大小不一，大多数都是黑色、白色和狼灰色。都长着上挑的眼睛，脖子上厚厚的毛和卷曲浓密的尾巴上的毛一样。

"你想组建几只犬队？"上校转向男孩问道。

"您有何意见？"汤姆回答道。

原住民想了一下，说："嗯，九只犬就足够了，即便是拉最重的东西。但是我会再多给你两条犬备用。如果你愿意，你可以把它们分成两小队来拉较轻的物品。"

他打开犬舍的门，走进其中一间，带出了一只瘦长健壮的小犬，它的眼睛和鼻口周围长着银白色的毛，头和耳朵上长着黑毛。

"它叫克鲁切。"他介绍道，"可以做领头犬。"

"我认为领头犬应该是那种高大、强壮的狗。"巴德说道。

"更重要的是领头犬要聪明，并且跑得快。克鲁切具备这样的特点，它是西伯利亚雪橇犬。"

因此两个男孩要学会驾驭雪橇犬队，伊格尔·弗恩德上校为汤姆和巴德分别准备了齐全的装备。

两个男孩坐在雪橇滑行板上，抓着扶手，上校问道："准备好了吗？"

"当然。"巴德咧嘴笑着,"可是该怎么做呢?"

"像这样。"原住民回答。他甩着长长的生牛皮鞭子"啪"的一声响,喊道:"驾!"那些狗立刻拉紧了套索,拉着雪橇向前驶去。

"嘿,太有趣了,像驾驶喷气式飞机一样!"巴德大声喊着,"我们来比赛吧,伙计!"

"出发,司机!"

拿起雪橇上的鞭子,两个男孩挥舞着鞭子发出"啪啪"声,大喊着号子催促着各自的犬队。

雪橇犬在加速,步子越来越大、跑得越来越快。不一会儿,雪橇像是在雪上飞了起来!寒风中,两个男孩儿的脸颊冻得通红,他们不断地喊着、笑着。

他们都没有意识到雪橇犬逐渐失控了。雪橇上没有重物,并且这些犬似乎感觉到了他们的驾驭者很没有经验。

很快,他们到了下坡路,那是又高又陡的山路下坡,一直延伸到冰封的河床。

"小心,巴德!"汤姆喊道,"哦,喔!你的雪橇犬!"

汤姆突然意识到那两队雪橇犬跑得太远了。

巴德也意识到了,他拼命地试图阻止他的犬队,但是那些犬完全没有理会,他们全速跑下斜坡。

过来一会儿,巴德的雪橇滑行板撞到了大圆石上,把雪橇撞翻了,巴德撞在了附近的树桩上!

第十三章 雪橇犬带来的麻烦

汤姆的犬队也以惊人的速度冲下山坡，他在雪橇滑行板上失去了平衡。他的腿伸了出去，手也从扶手上滑了下来，他在结冰的山坡上翻滚了几下。

他在山脚下晕乎乎地躺了一会儿，接着他拼命地忍着脚上的痛苦。巴德躺在半山腰处的一棵树下，一动不动。汤姆来到巴德身边，摩擦他的手腕，这时另一队雪橇犬赶了过来，上校坐在雪橇上。他把雪橇停在高处，从滑行板上跳了下来。他看到巴德的额头上有一块严重的擦伤，说道："你们开始比赛的时候我就担心会发生意外。于是我就跟过来了。"

巴德很快苏醒了，意识到自己的窘境后害羞地笑了。"看起来驾驭雪橇犬比开喷气式飞机要难！"他小声说道。

"尤其是在环形路和飞速行驶时。"原住民说道，他嘴角上扬，淡淡地笑了。

雪橇犬的主人找回那些跑远的犬之后，两个男孩小心翼翼地带着它们返回了小木屋。

汤姆和巴德在清洗伤口并用抗菌剂处理刮伤和擦伤的时候，巴德说道："伊格尔·弗恩德上校真是个高手，我希望他能加入我们的南极探险！"

"英雄所见略同！"汤姆咧嘴笑道，"我也是这样想的。我们问问他吧！"

他们品尝着伊格尔·弗恩德夫人为客人准备的美味小吃，在离席之前，汤姆提出了那个问题。那个原住民回答道："我听到

第十三章 雪橇犬带来的麻烦

探险消息的时候就等着你们问我了。可是,当然,在我答复你们之前,我要和的妻子商量一下。"

上校和伊格尔·弗恩德夫人用当地方言交谈了几分钟。最后,上校笑着转向汤姆,说:"她同意了,前提是我做好保暖工作!"

大家都笑了,桑迪补充道:"我觉得您加入探险真是太好了,伊格尔·弗恩德上校!现在我更加放心这些男孩子了,因为有您看着他们!"

原住民在叮嘱妻子照顾并喂养那些雪橇犬之后,他和他的四位年轻同伴开车前往机场。他们开着一辆摇摇晃晃的老式轿车,车后面拖着一节巨型拖车,里面装着十一条雪橇犬和为探险选择的设备。

看到"蓝天女王"的时候,原住民敬佩地小声说道:"斯库酷卡拉拉!"

"又来了?"巴德眨着眼睛说道。

"在当地方言里它的意思是好大的鸟。"上校解释道,"这是我见过的最能获此殊荣的飞机!"

汤姆向他展示了一层舱板上的货物装载间,接着,他与桑迪和菲利斯一起来到最上层,试着通过无线电短波与肖普顿取得联系。

"你打算怎样安排那些狗?"巴德问上校,"就把它们散养在货舱里?"

原住民摇摇头:"要是那样做,它们会咬断彼此的喉咙。我认为最安全的办法就是把它们分别安排到不同的隔间。"

他用随拖车带来的木材建了一些简易的木制隔间,每个隔间养一条狗。在巴德的帮助下,他们很快完成了这项工作。

与此同时,汤姆和在斯威夫特企业集团的父亲取得了无线电联系。他告诉父亲布朗尼奇也拜访了伊格尔·弗恩德上校,那个间谍还吹嘘自己要去南极采矿。

"爸爸,如果我们不想让布朗尼奇把我们打得一败涂地的话,我们就必须快些行动了,工厂那边情况怎么样了?"

"好样的,儿子。汉克·斯特林说明天就能对主挖掘机进行测试。"

"哇哦,真是个好消息!对了,W城那边进展如何?"

斯威夫特先生答应马上联系他们,接着汤姆挂断了无线电通讯。

不久之后,巨型飞机返回了肖普顿。

夜幕降临时分,"蓝天女王"在星罗棋布的夜空里疾速穿过大西洋。

伊格尔·弗恩德上校和几个年轻人坐在驾驶室里。

"希望您不要介意我们称呼您为鹰眼。"巴德说道。

"不介意。"原住民轻声笑着说道,"我的全名有点长。"

就在这时菲利斯说:"嘿!听,下面的货舱里好像出事了!"

第十三章　雪橇犬带来的麻烦

汤姆打开对讲机开关，令人毛骨悚然的犬的咆哮声立刻传来！

那个原住民站了起来。"雪橇犬！"他大声说道，"雪橇犬摆脱了束缚，至少有一只，还可能更多！狗在飞机里有时会变得狂躁，并且撕咬它们看到的一切东西！"

第十四章　W城来电

躁动不安的雪橇犬发出震耳欲聋的叫声！伊格尔·弗恩德上校迅速爬下钢制的轻便梯。

汤姆关掉了对讲机，将飞船设置为自动驾驶。之后，他和其他人迅速地去帮在货舱外面的原住民伊格尔·弗恩德上校。

"天呐！"桑迪用手捂着耳朵，瑟瑟发抖，"看这架势那些狗好像要咬死对方！"

上校也是一位训练有素的兽医，他从医药箱里拿出一些东西。

"你在干什么？"巴德问道。

"这些都是优质犬。"伊格尔·弗恩德回答道，"我不想打死任何一只，除非迫不得已。所以，我要先试试这个。"他举起一罐三氯甲烷，让大家看到标签，然后他拧松了盖子。

"现在打开货舱的门。"他指挥道。

汤姆照做。原住民迅速移开盖子，并把开口的罐子扔到了狂吠的雪橇犬中间。

汤姆关上门，几乎同时，犬吠声渐渐小了，很快声音就完全消失了。

"我现在要进去照顾它们。"原住民说道,"但是,在这之前,我建议你们回到驾驶室去。一打开门,三氯甲烷的味道会把你们熏倒!"

"别担心。"汤姆笑着说,"空调的排风扇会搞定气味的。如果你确定狗已经昏迷了,我现在就可以对飞机进行通风。"

原住民点头同意,年轻的发明家汤姆打开控制面板上的开关。排风扇立即嗡嗡响了起来,将"蓝天女王"内部的有毒气体排出去。

"好,我认为现在安全了。"原住民说道。他在汤姆和巴德的陪同下进入了货舱。大部分雪橇犬还昏迷着,而其中一些基本清醒了。有三条狗受了伤,一条雪橇犬的尖牙流着血。它刚才想闯入另一隔间,十分疯狂。

原住民为它们包扎了伤口,让它们舒服些,他做这些事的时候,说着当地方言来安抚雪橇犬们。

"他们会昏迷多久?"汤姆问道。

"至少还要两小时。无论如何,现在它们都被牢牢拴住了,我觉得这样就没有什么可以让它们感到不安了。"

他们返回到肖普顿的时候已经是后半夜了。在经历了冰冷的天气之后,肖普顿的天气似乎更温暖。

"我担心气温的变化会对雪橇犬不利。"上校担心地说道。

汤姆说道:"我要告诉你,在企业集团,我们有很多低温实验室,像飞机机库一样大。为什么不把犬舍安排在那里呢?"

原住民同意这个办法。飞机着陆以后，他把摇摇晃晃的雪橇犬转移到了低温实验室。汤姆的员工们迅速为雪橇犬建了犬舍，并为客人安排了舒适的住处，以方便照顾那些雪橇犬。

第二天，汤姆改进过的原子能挖掘机从斯威夫特工程公司工厂运回斯威夫特企业集团的巨型棚里。在这里，原子堆已安装完毕，收尾工作就剩下安装钻孔器了。

现在，在汉克·斯特林的密切注视下，挖掘机被强大的滑动链式起重机和手推车升了起来。接着，整个装备被一台大型胶质轮胎的拖拉机从巨型棚里拉了出来，拖拉到测试场地。

"你们要在这里对这台大怪物进行最后测试吗，嗯？"乔看着这些准备工作问道。

"是的。"汤姆回答说，"手指交叉，祈祷它测试能圆满成功。"

"小伙子，我会做更多。我会把一切都交叉，包括我的眼睛！"

一台起重机把挖掘机从手推车上吊了起来，缓慢地放在启动平台上。悉心布置的防护措施已经准备就绪，以防危险的辐射发生。启动平台四周是托马塞特防护罩，鼓风机管已经安装好，等待着排放热气。

斯威夫特先生、布莱克、沃里斯和费伯博士，以及很多工厂员工都在测试现场。汤姆爬进远程控制室时，在场的人都在安静

第十四章 W 域来电

地看着。

汤姆尽力保持冷静,他打开总开关,向机器输送动力。

挖掘机刚开始挖动土地时,它的声音平稳又低沉,可过了一会儿,那声音变得雷鸣般震耳欲聋,像一千把气动锤一起砸东西一样!在它的影响下,控制室和周围的地面开始震颤!

汤姆迅速关掉挖掘机,并从控制室里爬出来查看是哪里出了问题。

"哦,这次是怎么回事?"沃里斯自以为是地问道,"又是遥控炸弹?"

巴德讽刺地看了他一眼。

汤姆和他的父亲商量着。

"我觉得应该移开挖掘机,检查转动轴。"年长的发明家老斯威夫特说道。

汤姆穿上安全服,爬到下面检查转动轴。他回到地面摘下帽子时,笑了起来。

"你找到原因了?"老斯威夫特先生问道。

"下面是玄武岩的基岩层,我们之前没发现。岩石向各个方向传递震感。难怪挖掘机挖到它的时候我们会跟着震动!"

现在,地球挖掘机换了个位置,而且直到转动轴在地下三四米时才响起令人厌烦的声音。尽管震动仍在继续,但是毫无疑问,挖掘机的这次操作很顺利!

汤姆关掉发动机,走出控制室时,四面八方的人都在向他表示祝贺。

"巴德，我想立刻准备出发去南极！"年轻的科学家兴奋地说。

那天下午稍晚些时候，特伦特小姐叫汤姆去主楼接参议员里夫斯从W城打来的电话。汤姆拿起听筒："喂？"

"汤姆。"参议员说道，"恐怕我要告诉你一个坏消息。你将要不得不取消南极之行了！"

第十五章 南向的呼唤

南极探险可能被取消,这一令人震惊的消息吓到汤姆了。"可是,参议员里夫斯先生,"他说道,"政府已经答应给我们财政支持,并为南极探险清除了一切障碍!"

"我知道,汤姆。作为你所在地区的参议员,我支持你父亲的提议,并帮他赢得了官方对这一想法的支持。"

"那么为什么会突然反转?"

"在电话里解释不清楚。你还是来我这吧。我会告诉你,我们遇到了什么阻碍。"

斯威夫特先生和他的儿子一样,对这件事非常不满。第二天一大早,汤姆登上了公司的喷气式飞机,不久之后,飞机降落了。汤姆乘出租车从机场赶往参议员所在的办公楼。一位秘书将他引进参议员里夫斯的私人办公室。

参议员里夫斯很胖,一头灰白色的头发,他和年轻的发明家握手并请他坐下。

他说道:"说这件事之前,先看看这堆信件和电报。"参议员伸手指向堆在桌角的一大摞信件。

汤姆浏览了其中一部分。每一封的内容都是迫切要求政府取消南极挖掘计划！

"剩下的不用看了。"参议员里夫斯说，"内容都差不多。送信的人担心你的地心挖掘计划会引起火山喷发、海啸，甚至是使地球毁灭！"

"荒谬！"汤姆抗议道。

"政府不是这么想的。"

"你们是什么意思？"

"政府当局之前批准了计划。"参议员里夫斯说道，"可是现在探险要延迟了。他们说要对此事进行进一步研究。"

汤姆失望地抱怨道："我们能做些什么，任何事都行，来改变他们的想法？"

参议员沮丧地摇了摇头："恐怕不能，政府当局不敢激怒群众。"

汤姆皱着眉，认真地思考着这个问题。他最后说："参议员先生，您听说过罗伊·麦格雷戈博士吗？"

"某个领域的科学家，是他吗？"

"是的。"汤姆说道，"可能是我国首位气象学家。他也是我父亲的好朋友。假如他能和我们一起去探险，他能和全世界的地震站保持联系，如果任何人发现我们的操作引起了轻微的地震迹象，我们会立即停止工作。"

参议员从桌边站了起来，在房间里踱着步。"好吧，汤姆，

第十五章 南向的呼唤

那是个好主意。"他说道,"我会和政府当局商量一下,看看能否使他们改变主意。"

"谢谢您,参议员里夫斯!"他们握手时汤姆说道。他离开参议员办公楼直接去了调查局,他和他父亲都知道调查局所在地。他要见一位之前联系过很多次的特工。

"你怎么来了,汤姆?"年轻发明家坐在调查局特工办公室里的时候,特工问道。

汤姆向特工说起了南极取铁计划,并告诉他现在这个探险计划因公众抗议而止步不前了,汤姆还提到了艾弗·布朗尼奇的破坏活动。

"我有一种预感,"汤姆继续说,"很多投诉是由布朗尼奇本人或是其他克兰乔维亚特工挑拨的。政府一旦取消我们的探险计划,他们就能随心所欲地采矿了。"

那位调查局特工点头说:"他们不是第一次使用这种伎俩了。破坏性组织常常通过频繁邮寄投诉信件的方法影响议员和其他政府官员。"

"如果我给你一份送信人和发报人的名单,"汤姆说,"你能让当地特工帮我调查他们吗?"

"很愿意帮忙,但是这要花些时间。"

汤姆谢过特工后,到附近的一家旅馆给参议员里夫斯的办公室打电话,他让秘书送一份发信人和发报人的名单给调查局。接着,他给格兰戴克大学打了长途电话,罗伊·麦格雷戈就在那里做气象学研究。汤姆和科学家讲了他的南极计划并邀请他加入探险。

麦格雷戈博士很热情地接受了邀请。

"顺便说一下。"气象学家说道,"有一位政府地震学家就在W城,他最近刚从南极回来。他叫多塞特,我知道他乘一艘海军快艇到南极巡航,查看火山扰动和地震震动。你为什么不联系一下他呢?他现在为A国国家标准局工作。"

"好!"汤姆说道,"我马上就去找他。"

他乘了辆出租车,并很快和那个人见了面。多塞特对汤姆的计划很感兴趣并愿意给予帮助,他还为探险队的营地选择提供了一个很好的建议。

"我认为,最好的地点就是在山脚下。"地震学家指着地图上大罗斯冰堡以西的地区说道,"我研究埃里斯伯火山时,乘坐海军飞机经过那里。"

"谢谢,我会认真考虑的。"汤姆说道。他又补充说:"曾有报道说那条山脉中间有一个不冻湖,是吗?"

"是的。"多塞特回答道,"那儿可能就是你所说的熔铁距离地表很近的地方。那是个进行研究的好地方。"

汤姆感谢多塞特博士为他提供了宝贵的信息,之后,他匆忙赶往机场乘坐喷气式飞机。可是汤姆飞回肖普顿的时候,他对飞机的速度感到很生气。每错过一天,布朗尼奇和克兰乔维亚就多一份机会!到家时,汤姆已经做出了决定。在企业集团的办公室里和父亲与奈德·牛顿叔叔开会时,汤姆说:"我想乘'蓝天女王'先去为我们的主营地选址。"

"其他探险步骤怎么办?"斯威夫特先生问道。

第十五章 南向的呼唤

"随后跟上，爸爸。"汤姆回答说，"如果参议员里夫斯得到政府新的允许的话。"

正当两位前辈面面相觑时，年轻发明家汤姆已经做了决定。"爸爸，这是一场必须尝试的赌博！如果我们不这样做，就输给布朗尼奇了！"

"好，儿子，我同意。"斯威夫特先生笑着说。

"我也同意。"奈德补充道，"祝你好运。"

第二天，所有人都在为起飞的最后准备工作紧张忙碌着。"蓝天女王"从头到尾检查了两遍。主挖掘机和其他设备也被认真检查过。紧接着，让这艘巨型飞船着陆的工作开始了。

汤姆决定让其中一艘新型原子喷气运输飞机与自己同行，由汉森驾驶，他既是企业集团经验丰富的制模师，也是训练有素的飞行员。

汤姆和布莱克、费伯、沃里斯、乔，以及一支由五位技术人员组成的队伍一起登上了"蓝天女王"。而另外两名成员乘坐汉森驾驶的飞机。

那天晚上，斯威夫特家里举办了欢送会，巴德和牛顿一家都来参加。家里挂满了喜庆的装饰品，萦绕着激动人心的歌声，但是却隐藏着伤感。

"圣诞节能回来吗，儿子？"斯威夫特夫人问道，她尽力使自己的声音听起来很高兴。

"恐怕不能，妈妈。"汤姆回答道，"但是有一件事可以肯定，我会尽快回来！"

汤姆安排桑迪为亲戚朋友买圣诞礼物，尤其是为菲利斯。他还委托巴德在去南极前为桑迪买一份礼物。

第二天一大早，"蓝天女王"从地下飞机库开出来，并做好了飞行准备。汤姆的家人和菲利斯、巴德一起为他们送行。

"我真想和你一块去！"众人握手告别时巴德伤感地说道。

"别担心，飞人，你很快就会加入到我们队伍中的。一路上照顾好那些狗！"

核动力发动机启动时，汤姆在"蓝天女王"的驾驶室里向众人最后一次告别。随着直升式升降机送出动力，巨型银色飞机冲上蓝天。

以每小时两千千米的速度飞过天空，汤姆看着下面逐一出现的城市、丛林和山脉，之后又看见了辽阔的海洋。十小时之后，他第一次亲眼看到了广阔又危险的南极陆地！

天空呈灰色，雾蒙蒙的，海水看起来呈铅色。然而，令人叹为观止的崎岖、高耸的山峰足以弥补这阴郁的气氛。

海岸的边缘是浮冰。汤姆和他的同伴们透过望远镜看过去，看到了无数成群结队的企鹅和几条喷水的鲸鱼。

他们很快就穿越了罗斯海，那是通往南极内部的两个门户之一。向南向极地行驶时，海面上布满了巨大又闪着光的罗斯冰障。

他们看到，在冰障的西端，一座火山的顶端冒出浓烟。汤姆指出那就是埃里斯伯火山，从那一刻起，他频繁地查看地图寻找多塞特提到的那个合适的扎营地点。

第十五章 南向的呼唤

"蓝天女王"离那个位置越来越近了,达丽尔·布莱克大喊道:"看!雪橇犬!"

透过他的双筒望远镜,汤姆掠过雪白的地面,马上发现了一队雪橇犬!叫声很大。他俯冲下去近距离察看。

突然,一阵猛烈的暴风雪挡住了他的视线。龙卷风高速袭来,飞机猛烈地振动着。

第十六章　迷失在暴风雪中

这种振动使一些队员摔倒了，另一些人则重重地撞在了舱壁上。

汤姆控制着操纵装置尽力使飞机振动得慢些，可没有任何帮助。巨型飞机持续偏航，并且在强风中严重倾斜。

"我的天哪，发生了什么？"沃里斯挣扎着找回平衡时喘着粗气。

"极地暴风雪。"汤姆简洁地回答，"我们被卷进了龙卷风，或者说龙卷风刮进了飞机里！"

在仔细检查仪表刻度之后，汤姆用原子能动力驱动了喷气式举升机。巨型飞机立即发出了巨响，向上冲破了暴风雪笼罩的黑暗，接着在阴暗的天空平稳飞行。

汉森的喷气式飞机曾一路摇头摆尾，可现在却看不见踪影。

汤姆打开内部通话装置与无线电工作人员对话。

"还能和汉森联系上吗？"

"是的，先生。第一次遭到狂风冲击的时候我们失去了联系，可是现在他们的通信讯号很正常。"

第十六章　迷失在暴风雪中

"很好！频繁地和他们取得联系，直到我们顺利通过暴风雪。"

"收到！"

在接下来的几个小时里，汤姆在几百千米的范围内来回飞行，在阴暗中寻找突破口降落。但是风暴好像席卷了整个南极。

时间过得很慢，随着时间的流逝，"蓝天女王"上的乘客们变得越来越急躁不安。太阳一直悬在空中，似乎没有动过，这使得乘客们的疲惫感在持续增加，即使现在已过午夜！

"像我的红外线烹饪炉一样！"向来好脾气的乔抱怨着。"我们应该顺路去我老家看看罗德奥，而不是一直被困在这里不停翻滚。"

凌晨两点刚过，无线电工作人员通知汤姆，汉森的飞机失去联系了。

"你最后一次得到他们的信号是什么时候？"年轻的发明家问道。

"大约是十五分钟前。他们好像突然出故障了。"

"好的，继续联系他们，一有消息马上告诉我。"

汤姆又一次驾驶飞机在极地上空搜寻。这一次，他再次明确地搜索目标，希望能看见汉森的喷气式货机，但是没有找到失踪飞机的任何踪迹。

风暴终于减小了，阴暗的天空也有了放晴的迹象。汤姆收起喷气式举升机，谨慎地驾驶着飞船穿过浪云云层着陆。南极大陆高低不平的雪景逐渐出现在他们的眼前，直到巨型飞机缓慢着陆，轻轻地落在冰面上。

汤姆终于松了口气，他的队员们也十分高兴，这次旅行终于结束了。睡眠不足使大家筋疲力尽，大部分队员立刻钻进自己的铺位，抓紧时间休息几个小时，他们太需要休息了。

因为南极没有黑夜，所以也没有黎明破晓的迹象，只能靠手表判断时间。八点时，汤姆用无线电呼叫肖普顿。很快，他父亲的声音通过短波传了过来。

"听到你的声音很高兴，儿子！飞行还顺利吗？"

汤姆告诉父亲他们经历了暴风雪，而且与汉森失去了联系。

"我想知道您在肖普顿能否搜到他的信号？"

"目前不能。"斯威夫特先生回答道，"但是我会安排无线电接收员一直守在那里，万一他试着接通无线电通话。"

"参议员里夫斯那边怎么样了？"汤姆问道，"有从W城传来的消息吗？"

"没有，还没有传来任何消息。"他的父亲回答道，"我要补充的是我还没能把太空朋友发来的消息转换成文字，我越是试着转换，我的困惑就越多！"

汤姆转达了其他队员的一些情况之后，他挂断了无线电通话，移交给无线电工作人员。就在他要到下面的餐厅吃早餐时，无线电接收员兴奋地大喊起来。

"嘿，机长！"

汤姆立刻转过身，两大步就返回到接收员身边。

第十六章 迷失在暴风雪中

"汉森?"

"是的,是亚弗,就是他!但是信号很弱。"

戴上备用听筒,接收员尽力获得较强的信号,汤姆焦急地听着。汉森的声音越来越清晰了。

"亚弗!"汤姆大喊,"你很安全,可究竟发生了什么事情?"

"小事故。"制模师回答道,"凌晨两点时我们在风暴中出了故障并试图降落,但是阴天使雪地降落变得特别困难,下面看不到任何景象。"

"你们的飞机撞坏了?"

"不准确,我们在白雪皑皑的山峰间飞行,被挂住了,飞机推举器还坏了。我们终于脱离危险的时候,由于失控,飞机从斜坡滑了下去。"

"你们现在在哪?"

"山脚下,一片无冰水面的附近。"

"罗斯海?"

"是的,我认为我们现在的地点很接近罗斯海。"

汉森告诉了汤姆图表上大概的经纬度位置。

"好,我们会尽快赶过去帮你!"

汤姆迅速跑回驾驶室,启动原子动力发动机准备起飞。之后,他向喷气机举升架输入动力,驾驶飞船飞上天空,迅速穿越南极废物区进行营救!

第十七章　盲目营救

汤姆驾驶着"蓝天女王"前往救助受伤的运输飞机时,浓雾从北部飘了过来。

"雾越来越浓了。"坐在汤姆身边的费伯博士说道。

"我要打开雷达。"汤姆说道,"这真是橙色的浓雾。"

达丽尔·布莱克走进驾驶室,他问道:"你能找到汉森吗?"

"我希望能。"汤姆回答道,"我们有他所在的位置,但是如果浓雾持续下去,我们就只能靠仪表导航到达那里了。"

汤姆把注意力放到测高仪和雷达显示器上。飞机绕开锯齿状的群山,汤姆知道一个错误的判断会立刻带来灾难。他突然抬起飞机前端、猛地打开油门。

飞机嗖的一声上升让费伯和布莱克大吃一惊。他们尽力保持平衡的时候,汤姆的脸变白了。

"遇到了什么?交通警察还是高大建筑?"布莱克打趣地问道,他尽量使自己的声音听起来很轻松。

"差点撞到山峰。"汤姆强咽口水回答道。为了避免风险再

第十七章 盲目营救

次发生,他驾驶飞机持续向上爬升了几千米。之后,他关小油门保持水平飞行,飞机就这样在浓雾里以蜗牛的速度向前"爬行"。

汤姆打开对讲机对无线电工作人员说道:"我觉得我们快到那里了,让汉森仔细听着我们发动机的声音。他一旦听到了,就立即启动信号弹告诉我们着陆地点。"

"收到!"

不久后,一阵火花出现在距右舷大约一百米的地方,过了一会儿,又出现了一阵。

"好!锁定位置了!"汤姆对着麦克风说道。

飞机大幅倾斜,他驾驶飞机在锁定地点周围盘旋,然后,关掉了所有水平动力。过了一会儿,飞船悬在浓雾中,像一个挂在磨砂橱窗里的巨型玩具。

随着汤姆收起喷气式举升机,飞机开始向下降落,落在地面被雪覆盖的岩石架上。

"蓝天女王"的正门滑动打开,乘客们穿着电加热的外套跳到陆地上,在那里迎接他们的是汉森和另两位成员。

"我们来看看你的飞机底盘受损有多严重。"在握手之后汤姆说道。

他检查了飞机的推举器,叫人从"蓝天女王"携带的备用设备中取来必需的替换零件。年轻的发明家在飞行工程师的帮助下开始了维修工作。

这是一个漫长而又艰苦的工作,在寒冷的南极只能戴着手套

第十七章 盲目营救

进行工作。修理完成的时候,雾正好迅速地散了。强风席卷南极上空,把最后一丝浓雾吹散到南冰洋。

再次起飞之前,所有人聚在"蓝天女王"的机组成员住处,一起吃了一顿由乔·温克勒准备的丰盛又热气腾腾的饭。

"现在干什么,机长?"空盘子被收走后亚弗·汉森问道。

"我认为我已经找到了正确的扎营地点。"汤姆回答道。

"怎么找到的?用水晶球?"沃里斯嘲笑道。

汤姆无视他的嘲讽,说:"一部分是靠研究地图,另一部分是我在浓雾来临前看了看地形。"

汉森跟着机长汤姆来到驾驶室,汤姆在图表上为他指出扎营地点的准确位置。接着,工程师汉森靠近了平静地说:"沃里斯那家伙是个麻烦,不是吗?"

"作为科学家,他懂很多。"汤姆耸耸肩说道,"我只关心这个就够了。"

汉森的飞船准备就绪,向汤姆示意。"蓝天女王"先起飞带路,喷气式货机紧随其后。他们飞上天空之后,乔便来到驾驶室,布莱克和费伯博士已经在那里了。

"我在厨房忙累了。"他对年轻的老板说,"就到这儿来看看你们在干什么。"

"我们正试着猜谜,"布莱克朝汤姆眨了眨眼,"乔,地球上有这么个地方,无论你怎么转变方向,脸总是朝北,你知道那是哪吗?"

汤姆咧嘴笑了,可爱的厨师挠着头说:"我的内心深处在说我的家乡！"

大家都开怀大笑，布莱克说道："不对，就是这里，南极！"

"你是说所有的方向都在上面？我无法理解，朋友们！我还是回到厨房去吧。"

不久之后，两架飞机都降落在了汤姆选定的扎营地点。立即安装了地震检波器以备深度测试。接好电爆管开始进行雪下放置炸药的时候，乔正在缓慢踱步观看工作进程。

"你趴在地上到底做什么呢，孩子？"他问汤姆。

"我想知道冰雪下面是什么。"年轻的发明家解释道，"如果冰雪下面是坚硬的岩石，那么炸药爆炸会传来一声回声；如果是水，就会有两声。"

"哦，我明白了。"乔一语道破，"一声是陆地，两声是海洋！"

"噢！"汤姆大声同意，还吹了个口哨。

这个测试证明他们脚下是岩石，适合钻探。通过测算爆炸声与回声之间的时间间隔，汤姆发现冰雪的厚度是91米。

汤姆和电气技师正在拆除地震检波器连接的时候，"蓝天女王"上的无线电工作人员向他们跑过来。

"从巴德那儿刚刚得到了消息！"他汇报道，"另两架喷气式货机在路上！"

汤姆发出了胜利的欢呼。"这意味着政府最终还是同意了探险计划！"他转向无线电工作人员问道，"你汇报我们的位置

第十七章 盲目营救

了吗?"

"是的,机长。汉森详细地和他们说了如何到达这里。"

"好!"汤姆兴奋地说,"探险开始!"

然而,在为飞船卸载前,汤姆决定先派一架侦察飞机查看安放雪橇犬的合适地点。"蓝天女王"起飞了,俯身越过冰雪,那里没有任何生命迹象。

正当汤姆驾驶着飞机转身准备返回时。"停在那!"他指着那边,"我看见雪上面有东西在动!"

汤姆立刻拿起望远镜,但他只看到了一个黑色的东西一闪而过就消失不见了,看起来像雪橇犬。

"是一条狗,没错!"布莱克坚定地说,"我肯定!"

汤姆同意,说:"看起来布朗尼奇和他的同伙们藏起来了,而雪橇犬被暂时放了出来。"

正在这时,对讲机响了起来,无线电工作人员通知汤姆,他的父亲接通了无线通话。年轻的发明家迅速打开短波收音机。

"嗨,爸爸!"父亲声音传来时他说道,"进展如何?"

"好极了!你可能想知道调查局送来的消息。"

"您猜对了!"

"你的预感是正确的,儿子。经查实,送来大量投诉信的人是破坏分子了。这就是政府同意探险计划的原因!"

汤姆告诉父亲巴德用无线电通话传来的消息,以及他们找到了布朗尼奇营地。他建议父亲与那片区域的所属国取得联系,告知他们一个克兰乔维亚间谍在那里建立了基地。

"来不及阻止布朗尼奇使用图纸了。"汤姆最后说道,"但我们可以阻止他钻探!"

父子俩挂断无线电通话之后,"蓝天女王"降落在了营地。几个小时之后,另两台喷气式货机赶到这里。巴德驾驶的飞机里有伊格尔·弗恩德上校和雪橇犬;汉克·斯特林则驾驶着另一架飞机,同机的是麦格雷戈博士——长着浅棕色头发的男人,留着修剪整齐的小胡子,一副平和又有能力的样子。

汤姆立刻全面投入到修建一系列冰洞的工作中,冰洞里有石棉材料用来放置飞机、备品和设备。

全体成员被安排轮班,昼夜不停地工作。巴德到达二十四小时以后,这项工作基本完成了。乔刚要为轮班休息的工人送热饭,这时,一位成员兴奋地跑向汤姆,大喊道:"有架飞机正飞过来!我刚刚在雷达上发现的!看起来像一架重型轰炸机!"

大家冲过来听这个消息时,所有工作都停下了。巴德沮丧地看着汤姆。

"布朗尼奇!"他喘着粗气。

没时间猜测了。汤姆把每位成员都分配到了指定位置以防紧急情况发生。现在,他正发号施令:"所有人员到位!准备迎敌!"

第十八章　偷　袭

当一个男人驾驶的飞机飞到他们的所在地时，他们听到了逐渐靠近的飞机发出的嗡嗡声。片刻之后，那架奇怪的飞机结束在灰色天空的徘徊，直冲下来。那是架喷气式轰炸机！

飞机俯冲到距营地很近的空中，炸弹仓的舱门一下子打开了，一个闪着光的东西投了下来。

"炸弹！"乔大喊道。他用双手捂住耳朵，眼睛紧闭。可是预想的爆炸并没有发生。那个闪着光的东西只是垂直掉在了雪上。

紧接着，敌机飞上高空，山峦间回响着发动机的嗡嗡声。

汤姆等了足足两分钟以确保那架飞机不会再飞回来，之后他从雪洞实验室里走出来，大喊并来回挥手向大家发出信号"警报解除"！

大家向雪地中的那个东西冲过去。可是汤姆让他们退后，直到他对那个东西进行了一番检查，并确保它没有携带诱杀装置或延时炸弹。

很快，他发现那个闪着光的东西只是一个锡罐，装着一些岩石以增加其重量，里面有一封留言。汤姆大声读那封留言的时候，大家聚拢了过来：

汤姆·斯威夫特

你们无权进入南极的这一区域，立刻离开你们的基地，否则我们将会发起进攻！

队员们开始生气地低声抱怨。乔愤怒地大喊道："怎样，那只喷气推进的臭猫！他们是在说要在南极发动战争嘛！"

"如果他们想找麻烦，一定会如愿。"汤姆严肃地说，"但是首先，我们要回应他们的虚张声势。"

年轻的发明家快速写下了一些字，递给周围的人看。上面写着：

致艾弗·布朗尼奇和克兰乔维亚入侵者：

我们在这里扎营了。警告你们，如果你们惹怒我们或是使用从我这偷走的发明，你们将会向我国政府做交代。

小汤姆·斯威夫特

"我问一下，你打算怎样把这条留言送出去呢？"沃里斯轻蔑地问道。

"和他们的方式一样——用飞机。"

"让我去吧！"巴德迫切地要求道。

"必然是你！"汤姆同意。

很快，一架喷气式货机从冰穹机库里开了出来，年轻的飞行员巴德驾驶它起飞了。汤姆和其他人聚集在无线电广播室，保证

第十八章 偷袭

在飞机飞行期间与巴德保持联系。

他们在焦急地等待,时间滴滴答答过得很慢。终于,巴德的声音从扬声器里噼里啪啦地传来。

"巴克利呼叫基地,现已接近敌营,敌人像疯了一样在下面奔跑!我猜他们可能没想到这么快就收到回复,他们的轰炸机就在眼前,看起来好像刚刚降落。"

他们听到巴德轻声笑了。他接着说:"伙计,我现在不能投射一颗小炸弹吗,哪怕就一颗威力很小的炸弹?"

汤姆急忙制止:"记住我说的话,巴德!别自找麻烦!"

"你是头儿,机长!"短暂的沉默之后巴德的声音又一次传来:"留言已投放完毕!"

巴德返回并在空中转了个圈完美降落,他从喷气式货机里出来时,队员们都围上去向他表示祝贺。有人提问、有人说笑,大家都在取笑克兰乔维亚为此付出的代价。

然而,汤姆已经在考虑下一步行动了。他对巴德、亚弗·汉森和汉克·斯特林说:"从现在起,我们要谨慎行事。雷达显示器要一直有人监视,并且每隔几小时要进行一次飞行侦察。我们四人是仅有的飞行员,因此我们要轮流开飞机。"

他们继续建设营地,紧张的气氛一直萦绕着。二十四小时过去了,还没有克兰乔维亚回访的迹象。

"很显然,布莱梅的恐吓就是我所说的虚张声势!"汤姆沉思着说道。不过,一想到自己在和一个残忍的对手进行一场殊死较量,他还是有些担心。

汤姆的工作加紧了一倍，除了进行常规巡航外，他还来来回回地监管整个探险进行情况。

"小伙子，你不觉得你应该放松点吗？"乔说道，"毕竟不能什么事情都靠你一个人。"

"我不能放松下来。"汤姆回答道，"直到我们挖到熔铁，确保布朗尼奇不会破坏我们的计划！"

探险队不顾南极的寒冷就近隐蔽地驻扎了下来，接下来汤姆把注意力放在了钻探的准备工作上。首先，他把全队所有的技术人员召集到原子能地球挖掘机的控制中心——雪洞实验室。

"这就是我们的整体布局。"他指着大幅挂图说道，"在矿井周围要用挖掘机挖三个监听站，这三个监听站呈三角形分布，相隔800千米。"

"建监听站的目的是什么呢？"巴德问道。

汤姆解释说原子能地球挖掘机上的声波振动器能产生震动，反过来，震动能够被每个监听站的收听设备接收。

汤姆说："被收听设备收集的数据会传给实验室的这台电子脑。之后，这台大脑会在任何指定时间判断出挖掘机在地球内部的准确位置。"

站在技术人员身后的乔带着一副紧张的表情，突然说道："汤姆，假如那台巨型窃听器设在了错误的方向上，你怎么监听消息呢？"

"问得好。"汤姆笑着回答，"这个小工具能够解决这个问题。"他指着电子脑附近的一个设备，"这是声波振动器，和挖

第十八章 偷袭

掘机上的振动器很像。只有它能把指令向下传达给挖掘机，而不是用脉冲信号把消息向上传给我们。"

乔明白地点头表示赞同。

汤姆说设立监听站的工作要立即开始。必要的建筑材料和设备会用雪橇和雪上汽车运到每个指定位置。

不久之后，第一队技术人员从基地出发了。雪上汽车开路，用钝头型宽大的履带在陈年积雪上压出一条路。雪橇犬在后面跟着，由伊格尔·弗恩德上校指挥，雪橇上装着货物、额外供给和设备。

三个监听站的建设工作进展很快。沃里斯在最近的挖掘地点安装了专门的温度记录仪，他们能从挖掘机内部精密的测量仪器中获取数据，因此随着挖掘机挖掘的不断深入，能够得到地球不同深度的温度。

在启动挖掘机之前，汤姆对钻探深度进行了两次检查，他要明确多长时间以后会遇到坚硬的岩石。

地震检波器刚刚被连接好，警笛就响了起来。这是雷达员发出的警报信号。

"又一次空袭！"所有人都冲向急救站时布莱克大喊道。

过了一会儿，之前那架突袭营地的喷气式轰炸机未见其身先闻其声，嗡嗡声响彻天空。然而它再一次飞了过去，没有任何攻击，甚至没有投下任何留言。

汤姆既困惑又有些担心，他向助手们发出危险解除的信号，让他们回去工作。刚要开始各自的任务，警笛再次响起。

成员们放下手中的工具,又开始躲避。可是还没来得及达到安全地点,一个模糊的东西划过天空,正好朝着营地方向飞来。

"导弹!"巴德大喊,"来袭击我们了!"

第十九章　灾难袭来

一瞬间,导弹袭击发生了——正好袭击了停在冰洞中的备用挖掘机!

震耳欲聋的爆炸震动了整个区域,冰洞在爆炸的浓烟和火焰中被炸成两半,金属碎片散落在整个营地。

突如其来的爆炸使汤姆变得既愤怒又恶心,他几乎不能说话了,摩拳切齿,极力控制着占据内心的愤怒和绝望。

备用挖掘机被破坏了,一切都将取决于唯一的原子能挖掘机能否成功运行。如果这台挖掘机在挖掘的时候传动轴被牵制或压碎,那么整个探险计划就会失败,斯威夫特企业集团和斯威夫特工程公司就毁了!

"我们现在做什么?"汤姆的队员们围在周围的时候,费伯博士严肃地问道。

"让克兰乔维亚自食恶果!"汤姆转身对队员们说,"把'蓝天女王'从机库里开出来,随时准备起飞!"

汤姆要回击敌人的消息使队员们非常高兴。伊格尔·弗恩德上校和其他队员期望和汤姆一起登上飞机参与回击,可是汤姆决定只带一位成员——强壮的副驾驶员巴德·巴克利。

巨型银色飞机穿过极地的天空飞向敌营时，汤姆的神经放松了，平静了下来。

"目标出现！"巴德大喊。远远地看着下面，他们能看见蚂蚁似的人。敌人的喷气式轰炸机的机尾刚刚驶进他们的冰穹机库中。

由于前行受阻，汤姆驾驶"蓝天女王"开始了吓人的俯冲。这艘庞大的飞机如银色闪电般冲向地面，克兰乔维亚人疯了似的四处逃散。

"我们吓到他们了，现在我们要融化他们。"汤姆驾驶着飞机在天空俯冲翱翔时说道。

为了减小前进的推动力，汤姆切断了喷气式举升机提供动力，从营地的一端飞到另一端！高温在雪地上留下了一道深深的沟痕，融化并压塌了几栋冰冻住所。

然而这一次克兰乔维亚准备好了。他们撤掉枪支布置点的伪装，露出高射炮长长的夺命枪口，调整角度准备反击。

巨型飞机接近营地时，枪支开始射击，同时炮弹炸开了花。即便许多炮弹很接近"蓝天女王"，也没有一颗能够爆炸。

巴德用望远镜向下看到敌人的枪手时很高兴。

"你应该看看他们，汤姆！"他说，"他们快疯了！他们不明白炮弹上的近炸引线为什么没有引发爆炸！"

"完美，托马塞特！"年轻的发明家咯咯笑着。"蓝天女王"外表覆盖着特殊的塑料涂层，可使飞船绝缘于磁效应。

第十九章 灾难袭来

下一轮攻击中，克兰乔维亚再一次尝试击落这架复仇的飞机，可是又彻底失败了。

"趁着运气好再来一次！"汤姆说道，他正驾驶着飞机在目标上空盘旋，准备最后一次进攻。这一次，敌人们绝望地放下武器，四下逃散。

"伙计，我敢打赌你吓得他们一年内不敢再来这里！"巴德笑着喘气说道，这时"蓝天女王"正嗡嗡地离开克兰乔维亚营地。

然而，汤姆和巴德都知道，单一的恐吓虽然有效，但无法长期阻止布朗尼奇和他的随从们企图摧毁斯威夫特探险的计划。这两个男孩一回到营地，汤姆就召开会议向大家说明了刚刚发生的事情。除了沃里斯，大家都为汤姆感到很高兴，随后，巴德提出侵入敌人基地，彻底打败克兰乔维亚的想法。

"我们若把这一想法付诸行动，将一劳永逸。"副驾驶员巴德说："否则我们永远无法高枕无忧！他们随时可能发动下一次偷袭！"

汤姆不同意，他提醒大家这可能引发危险的全球战争，最终决定等待斯威夫特先生发来消息，确定布朗尼奇是否有权利在南极的那个区域挖掘。与此同时，汤姆提出了进一步的防御计划，之后，他继续进行检查钻探深度。地震监测器已经启动，深深的雪下面埋好了炸药。

他们拿起地震监测器的时候，一台放大记录装置正在为爆炸声波拍照。汤姆研究被拍下的东西时，他皱起了眉头，接着，他看起来很沮丧。

"有什么不对，伙计？"巴德问道。

"很多！根据先前的深度测试，我们的脚下是岩石。而现在得到了两个回声，这说明我们脚下是海水。"

"不可能！"巴德不相信。

汤姆又在营地的其他地点进行了测试。政府科学家和几名队员过来围观。不同的地点的测试结果都是一样的。

"我不明白。"巴德困惑地说道，"第一次探试结果是岩石，怎么变成海洋了？"

"很简单，恐怕。"汤姆回答道，"我们扎营的这块冰在过去几天里移动了。"

"你说得对，汤姆。"费伯博士表示同意，"这意味着我们正处于随时可能破碎的浮冰上！"

探险队员们变得心灰意冷，他们默默地看着彼此，终于巴德开口说话了。

"下一步做什么？"他问道。

"看来我们不得不向南转移，靠近极点，可能在莫得山脉脚下。之后我们就能肯定是在坚硬的岩石上钻探。"

沃里斯的嘴角露出一丝冷笑。

"你不觉得该到认清事实的时候了吗？"他尖声问道。

汤姆冷冷地看着他，说："比如说？"

"比如说从一开始你就搞砸了这次探险！"

巴德走到前面，与沃里斯面对面。"你可以举例说明一下，哈尔。"他挑衅地说道，"明确地告诉我们汤姆是怎么搞砸这

次探险的。"

"我认为这很明显,甚至是你。"沃里斯嘲笑道,"我们已经浪费了宝贵的时间在这里建立基地。顺便说一下,选择这个地方是斯威夫特先生个人的主意,而布朗尼奇可能已经找到了钻探的合适地点!"

"那么,你能把事情处理得更好?"巴德挑衅道。

"当然不会搞得更糟!"

"那好,你来处理吧!"

巴德一拳把沃里斯打倒在雪地里。

第二十章 鲸鱼出没

这一拳彻底激怒了沃里斯,他气得面红耳赤,站了起来,重整精神。

巴德左拳打了他的下巴,接着右拳打在他的胸口上。沃里斯膝盖弯曲着,可是很快就站直了。过了一会儿,他们不顾厚重的衣服,疯狂地厮打在了一起。

这样的冲突使汤姆感到很惊讶。在巴德把对手打成重伤之前,汤姆猛冲过去,把他们拉开了。

"你们俩现在握手言和!"汤姆命令道,"别解释,我们有很多事情要处理,没有精力解决你们俩的矛盾!"

他用命令的口吻说的一番话立刻起作用了。巴德和沃里斯握了握手,尽管多少有些不情愿。

"事情可能终究会往好的方向发展。"沃里斯闷闷不乐地说,"如果我们在岩石上钻探,我的热测量数据会更稳定些。"

在接下来的两天里,汤姆向南搜索了很大一片区域,用地震检波器探测数据。终于,他找到了一个似乎很适合钻探的地方。

接下来,大家有条不紊地投入到转移营地和建立新的监听站

第二十章 鲸鱼出没

的工作中。

启动挖掘机之前的最后一项准备工作是在冰里挖一个巨大的人工湖。之后把湖水排干，成为一个巨大的空杯子，用来装从地下取上来的熔铁。汤姆召集队员到实验室来向大家解释如何操作。

"我将用'蓝天女王'的喷气式举升机把冰融化。"他说道，"很快，里面的水会通过一根大型软管排出来。"

汤姆命令用强力钳子把钢丝绳、喷嘴和软管固定起来。

午饭后，汤姆和巴德立即乘坐"蓝天女王"升空。汤姆驾驶着巨型飞机在这片区域上空徘徊为人工湖选址，距地面只有几百米高。

之后，他在水平动力上关小油门，开始一圈一圈地盘旋，同时，喷气式举升机向雪地里平稳地排放热量。

很快，人工湖里出现了融雪。随着泵获得动力，软管里突然有了水。软管膨胀、变硬，水凶猛地从喷嘴里涌了出来。湖水渐渐被排干了。

汤姆刚好在晚饭前赶回了营地，得知在挖掘机和监听站之间来回传输信号的声波仪器出故障了。

但工程师们告诉他，已经找到了故障的原因，在四十八小时之内机器就能正常工作。

基于这份报告，汤姆决定在三天内启动挖掘机。睡觉前，他在无线电广播室踱着步，想和父亲取得联系，询问布朗尼奇是否有权在这一区域挖掘。

正在提防克兰乔维亚人会窃取他们计划的时候，无线电工作人员在用密码机拼凑和整理消息。

这时他向肖普顿启动了呼叫信号，然而除了强烈地爆炸静电干扰，讲话人什么都接收不到。在反复尝试之后，无线电工作人员最终还是放弃了。

"一定是这里或者我们国家发生了雷电交加的强暴风雨。"工作人员报告说。

"不一定，也可能是布朗尼奇干扰了我们的信号！"汤姆转过身严肃地说道。他返回雪洞实验室时遇到了达丽尔·布莱克和费伯博士。布莱克像个兴奋的小男孩，邀请汤姆去"蓝天女王"上的植物实验室。

"现在，朋友们。"布莱克对跟他进入工作间的汤姆和费伯博士说，"一饱眼福吧！"

空气中弥漫着神秘的气氛，像魔术师从帽子里变出一只兔子一样，布莱克制作了两个地衣植物展台。其中一个样本被牢牢地冻在冰里，另一个则在日光灯的照耀下生机勃勃。

接下来，他指着常青藤和石竹花展台——有些植物被速冻着，有些则生机盎然地长在托盘"花园里"。

汤姆和费伯着迷地看着，布莱克继续说道："这将彻底改变园艺学和对于植物生长的研究！从现在起，籽苗和小植物可以被冷冻并运往世界各地！"

"对！"汤姆大声说道，"不仅如此——这种处理会杀死任何可能携带的害虫。"

费伯眉飞色舞。"想起来了！"他咯咯笑着，"花店的深冻冰箱！"

布莱克的展示结束后，汤姆向这位植物学家取得的成功表示祝贺。他们三个人离开实验室时，费伯博士说："我想知道明天你愿意和我一起去研究南极野生动物吗？我对观察企鹅和鲸鱼的行为活动特别感兴趣。"

"好！"汤姆同意了，他想出去放松一下，"我们乘浮机去。"

那是一架轻而实用的水陆两用太空船，在离开肖普顿之前，它取代了喷气式直升机。

在八小时睡眠和一顿不错的早餐之后，汤姆和费伯博士出发了。开始的时候，天空很晴朗，连绵的山脉在雪上投下蓝黑色的影子。一切都尽收眼底，轮廓分明。在黑色裸露的悬崖壁上，红色和绿色的地衣混杂着白色和灰色的斑块，营造出斑斓的景象。

然而，天空逐渐变得阴暗了。地面和天空好像连在了一起，形成了一个可怕的、没有影子的白色空间，地平线消失了。汤姆驾驶飞机前往鲸湾——大罗斯冰障一个有水的凹陷地带。

他们看到在水边的有雪地带有一大群阿德利企鹅，汤姆驾驶飞机向下飞，准备着陆。

友好嬉戏的鸟儿们似乎一点儿都不害怕，它们一摇一摆地快速走过去观察它们的客人。它们长着洁白的胸脯、又黑又亮的后背、宽大的脚蹼，像穿着晚礼服的有趣小绅士。

汤姆观看企鹅做游戏的时候，费伯博士正在记笔记，拍照

第二十章 鲸鱼出没

片。一只企鹅爬向雪山顶部的时候，一群企鹅在雪山脚下看着。那只企鹅站在那里，看了一会儿大海。之后，另一只企鹅也爬了上来，并把先前的那只推了下去。

这只后上来的企鹅也会站在那里，看着远方，直到下一只企鹅把它推下去。就这样，它们一个接一个地轮流"占山为王"。

后来，一只企鹅用嘴捡起小石头，走过来，放到汤姆的脚边。

"它好像很喜欢你。"费伯笑着说道，"那是企鹅示好的标志。顺便说一下，这也是雄性企鹅向它心仪的雌性企鹅求爱的方式。"

"我的天呐！"汤姆咧嘴一笑，"我们应该在它吻我之前离开这里！"

他们再次起飞，这一次，他们在无冰水面上盘旋，希望能看见鲸鱼。海湾里布满了浮冰和漂浮的冰山。和北方冰山不同的是，南极冰山悠长又平整，有些甚至有3000米长。

在费伯博士的建议下，汤姆驾驶着飞机贴近水面，以便观察一些在冰上滑行的海豹。汤姆娴熟地驾驶飞机在几个生物旁边飞行时，那位年长的科学家突然大喊起来。汤姆顺着他手指的方向看去，不禁倒吸了口气。

一头庞大的鲸鱼抬着巨大的头，从后面不远的冰山处朝着他们的方向袭来！

第二十一章　惊险逃亡

鲸鱼冲向他们的时候，汤姆大开油门，向海湾里波涛汹涌的灰绿色海水射击。

为了接近海豹，汤姆将飞机开进了布满浮冰的区域，可是现在他的视线被无数白色浮冰封住了。

年轻发明家紧打方向舵，向左转弯，驾驶飞机前往无冰水域，这时费伯博士大喊道："是蓝鲸，最大的鲸鱼！"他兴奋地掏出笔和笔记本记录着。

就在这时，鲸鱼跃出了水面，接着又落到了水下，消失了。

飞机掠过，已接近无冰水面，前方有一条清晰的路，可以在那里起飞。一阵强风将海浪吹成了白色浪花。

突然，一声巨响，鲸鱼又出现了，就在前方十五米的地方，把它的身体挺成弧形。

汤姆喘着粗气："一定有三十米长！"

"一百多吨重！"费伯补充道，他正在笔记本上迅速地写着。

汤姆加大马力加速起飞。他们会成功吗，或是撞到鲸鱼？汤

第二十一章 惊险逃亡

姆十分小心地拉住操纵杆,飞机飞向天空,距鲸鱼的脊背不到十米!

他们在海湾上盘旋,直到确认安全,飞机上的两个探险家看了彼此一眼,长长地松了口气。

"太棒了,你沉着冷静,我们脱离危险了,汤姆!"费伯博士向汤姆表示祝贺。

"我吓坏了,别的什么都做不了了!"年轻的发明家沮丧地说,"你真是个勇敢的人,一直在记录。"

科学家眨着铁灰色的眼睛。"实际上。"他解释道,"我不得不继续写来避免恐慌。你现在看看我!"

费伯伸出手,汤姆看见那只手一直在抖,像一片叶子。二人绷紧的神经一下子放松了,大笑起来。

在飞回营地的途中,他们看到了南极的许多鸟儿。有时,汤姆把飞机飞得很低,以便费伯博士观察成群的贼鸥和雪燕。

飞机回到原有高度时,年纪稍大些的科学家费伯注意到汤姆有些担心。"出什么事了?"他问道。

"我好像有些偏航了。"汤姆回答道。他向左掉头,回到刚刚飞来的方向,再一次掉头。

"我们迷路了?"费伯博士冷静地问。

"恐怕是这样。依据我的估算,我们现在应该在营地上空了,可是这儿连营地的影子都没有。"

"出错了?"

"我不这样认为，等一下。"汤姆匆忙检查了导航数据，之后他摇摇头。

"没有，数据正常。"他补充说，"除非是仪器出故障了。当然，它们可能受到了地磁的影响，阴天是不可能见到太阳的。"

除了白茫茫的荒野，下面什么都没有。汤姆尝试在图表上查找南部的山峰来确定所处位置，可是图上的山峰画得太粗略了，根本无法获得确切方位。

年轻发明家想到了一个可怕的念头，吓得脸色苍白。"是暴风雪！"他气喘吁吁地说道，"我们离开的时候暴风雪席卷了营地，将一切都掩埋了！"

汤姆和费伯博士戴上眼镜扫视这里的地势，越来越担心。正当希望渺茫的时候，无垠的雪地上出现了两个人，他们挥着手。

"他们从哪来？"费伯博士吃惊地问道。

汤姆降低了飞行高度，透过望远镜仔细观察，之后他松了口气，大喊："是巴德和汉森！"

几分钟后，他们着陆了，并滑行到了一个休息区，在几个风蚀作用形成的大型雪制漂流物附近。巴德和汉森迎了上去。

"天呐，营地怎么了？"汤姆焦急地问道。巴德将胳膊伸到其中一个大雪堆里，向上一拉，被积雪盖住的防水油布露了出来。

"这就是答案，伙计。"巴德说道，"把头伸进防水油布里，你就能找到实验室了。基地里的其他几个建筑也都做了同样

第二十一章 惊险逃亡

的伪装。"

"好主意,"汤姆说道,"但是你应该通知我。"

巴德说道:"因为袭击,我没有时间。"

"又一次?"

"连手法都一样!又是喷气式轰炸机。飞行员向我们投掷了炸弹,幸运的是没有击中目标,我们都没受伤。"

汉森说:"汤姆,我们认为把营地伪装起来是明智的,以防飞机再次来袭。"

汤姆和巴德、汉森说话的时候,探险队的其他成员从伪装雪堆里他们的藏身地点走了出来。大家聚在一起,气愤地说着克兰乔维亚炸弹袭击的事。

"我快要疯了。"巴德怒吼道,"我本来想驾驶'蓝天女王'把他们打到北极去!可是哈尔·沃里斯和其他队员劝我要等你回来。"

"很高兴你照做了。"汤姆沉思着,"是时候采取行动了。局面快要失控了!"

他立即下令将从机库里的"蓝天女王"开出来。很快,这艘巨型飞机就朝着敌营飞去。汤姆坐在驾驶位,巴德坐在旁边的副驾驶位上。

他们出现在克兰乔维亚营地上空时,一群人正向营地南边的某个东西聚拢。

"那里发生了什么?"巴德说道。

"我们很快就会知道。"汤姆回答道。他收起了喷气式举升机,"蓝天女王"俯冲向下,在克兰乔维亚的正上方盘旋。他们四下逃散,巴德兴奋地大叫:"看!他们正在启动地球挖掘机!"

第二十二章　战　俘

"天啊！克兰乔维亚人也有一台地球挖掘机！"巴德大喊道。

"和我的那台几乎一模一样。"汤姆说道，他向下看着那个钢架平台。发明家看到在平台上放着一个长长的、闪着光的汽缸，前端有突出的电极！那台机器正停在那里等待启动！

"那些可恶的贼一定是按照你的图纸制作的！"巴德大声说道，"我们现在就冲下去把它毁掉！"

年轻发明家在敌营上空盘旋的时候，他若有所思地摇着头。"不，恐怕这不能从根本上解决问题。"他说道，"假如布朗尼奇的操作得到了南极这一区域主权所有国的允许，一旦我们破坏了他的营地，那个国家可能把这件事看成是战争行为。"

"那把我们挤到哪去了？"巴德嘟囔道。

汤姆想了一会儿，说："我会试着联系上肖普顿，看看爸爸有没有得到相关消息，之后再决定如何行动。"

巴德驾驶飞机时，汤姆向机尾走去，他来到无线电隔室，打开短波发报机。这台装置一启用，他就开始向肖普顿发送代码信号。可得到的结果只有大声的、刺耳的静电干扰。

巴德看到汤姆回到驾驶室时带着一脸的困惑。

"顺利吗?"

"是的,看样子他们还在干扰无线电波。"

"好吧,那现在做什么,喷气小子?"

"唯一能做的就是休战,和布朗尼奇本人谈判。"汤姆大步走向无线电隔室,十五分钟后返了回来。

"怎么样?"副驾驶员问道。

"布朗尼奇同意了。"汤姆简洁地说道,"他让我们降落。"

"蓝天女王"像一只巨大的银鸟俯冲向下,在雪地上着陆。汤姆解开安全带,准备离开飞机时,巴德想要与他同行。但是汤姆示意他回去。

"你最好留在这,伙计。可能会有麻烦。我希望你能使这架飞机保持随时能够起飞的状态,以防布朗尼奇不接受休战提议。"

巴德透过驾驶室窗户不安地看着他的朋友走下飞机,向克兰乔维亚走去。他们穿着厚厚的皮毛,聚在一起等着汤姆。那些人长相很粗鲁,还不修边幅。队伍最前面的是一个又高又瘦的男人,穿着黑色熊皮衣服。汤姆一眼就认出那是艾弗·布朗尼奇。

"哦,你想干什么?"克兰乔维亚间谍操着浓重的口音咆哮道。

"我会尽力使你摆脱麻烦。"汤姆说道。

第二十二章 战俘

"麻烦？哈！有麻烦的是你，我的朋友，不是我。"布朗尼奇大笑着回答。

汤姆不顾他的嘲笑。"我不相信你获得了在这里挖掘的权利。"汤姆说道，但又很快补充说，"然而，如果你有权利，我们为什么不能和平地进行试验呢？"

年轻的发明家在心理上拖延着时间。他拖住布朗尼奇不能使用窃取来的地球挖掘机的时间越长，逮捕破坏分子的可能性就越大。

"你是来讲和的？"布朗尼奇怒吼道，"是你从克兰乔维亚偷了地球挖掘机？"

汤姆愤怒了，说："谁偷了什么？"

"你偷了我们的想法。"布朗尼奇说道，"克兰乔维亚工程师十年前提出的！"

"十年前你们为什么不将它付诸实践？"

"为了我们伟大的祖国，我们一直在改进。"布朗尼奇回答道。

"你说的不对。"汤姆尽力控制情绪，他说道，"你从我这偷走了图纸。"

布朗尼奇转过去看着他的同伙，一脸丑恶的冷笑。他指着汤姆喊道："骗子！"

汤姆冲动地挥舞着拳头冲过去，重重地打在间谍的嘴上，打破了他的下嘴唇。可是，还没等他打第二下，克兰乔维亚就将他俘虏了。

"这么做你会后悔的！"布朗尼奇尖声尖气地说道。

巴德在"蓝天女王"驾驶室里目睹了一切，他意识到靠他个人的力量是无法把汤姆从敌人手里解救出来了。

"可是，或许有其他方式！"巴德嘟囔着。他启动了喷气式举升机，"蓝天女王"垂直升起，从克兰乔维亚阵营逃了出来。

突然，他将飞机急剧倾斜，向着敌人直直地开了过去。他希望能出其不意地抓住布朗尼奇和他的同伙，可是克兰乔维亚特工已经猜到了巴德的用意。在巴德释放喷气式直升机中剧烈的炸药之前，布朗尼奇的随从们就已将汤姆拖到飞机前方路线上来了。

他们用年轻发明家汤姆当人肉盾牌！巴德陷入了无助的愤怒。可是，除了关掉喷气式直升机，毫无作为地飞过敌人的头顶，他什么都做不了。然而，他不想放弃。他一次次从不同方向飞快地掠过克兰乔维亚。

可是，布朗尼奇的随从们每次都让汤姆直面飞机飞来的方向，以阻止巴德的袭击。

终于，副驾驶想到了救朋友的唯一办法——求助。他驾驶飞机大坡度爬升，"蓝天女王"直接飞回营地。

看着巨型飞机在远处消失了，布朗尼奇爆发出蔑视的大笑。

"看吧！你的朋友夹着尾巴逃跑了，像一条典型的丧家之犬！"布朗尼奇转向汤姆嘲笑道，"现在，你违反了我们的休战提议，因此你要留下并成为我们的一员！"

"如果你认为我会帮助你们，那么你一定是想到办法了！"

汤姆挑衅道。

布朗尼奇嘲笑道:"别害怕,年轻的朋友。我们克兰乔维亚人有很多办法让人屈服。如果到了那时,我们将需要你的智慧来启动这台所谓的地球挖掘机,我保证你会很乐意提供帮助的。"

汤姆怒视着他说:"也就是说你承认你剽窃了我们机器?"

"当然承认!为什么不承认?我看没有继续逃避的必要了。"布朗尼奇咯咯地笑着,"我还要承认其他事情。我们打算明天就摧毁你们的基地。可是,鉴于目前局势的变化,我们为什么还要耽搁呢?我要给轰炸机和火箭弹下达命令,让他们立即起飞!"

虽然对即将发生的危机感到恐慌,但汤姆还是飞快地思考着。布朗尼奇正要向他的随从们下达指令,这时年轻的发明家突然开口说话了。

"等等!先让我看看你的挖掘机运转得怎么样,否则我怎么知道整个装置不是虚张声势呢?"

布朗尼奇想了一会儿,仔细地看着汤姆。他最终说:"非常好。我们先启动机器给你看看。与此同时,我的随从们将会发动袭击并杀掉你的朋友们!"

汤姆一直在研究那个设置。总之,他必须提醒他的朋友们!他和布朗尼奇及他的随从走向启动台时,他在想:"控制装置——如果我能接近控制装置,我就可能有机会把挖掘机搞砸,扰乱整个营地,伺机逃出这里!"

第二十三章　一决胜负

巴德驾驶着"蓝天女王"在营地着陆,科学家和队员们从冰洞一拥而出,想知道发生了什么。看到副驾驶一个人从飞机上下来,他们觉得出事了。

"汤姆呢?"汉森焦急地问。

巴德告诉他们这个坏消息后,他们都快疯了。

"他们真是恶贯满盈的臭猫!"乔·温克勒怒骂道,"我们应该把他们绑了喂鲸鱼!"

"他们会有报应。"汉克·斯特林发誓说道,"现在,我们应该担心汤姆!"

"我们要快些行动。"巴德说道,"大家都登上'蓝天女王',迫使他们放了汤姆,如若不然就毁了他们的基地!"

大家一致同意,巴德驾驶飞机,汉克·斯特林作副驾驶。催泪枪和催泪弹——斯威夫特探险携带的唯一武器,装上了飞机。

正当队员们集合做安排的时候,无线电工作人员跑了出来。

"肖普顿接通了无线电通讯。"他报告说:"我认为是斯威夫特先生。"

"我去接。"巴德说道。可是他很怕把汤姆被捕的消息告诉斯威夫特先生。

在通讯冰洞里,巴德等待着无线电工作人员接通讯号。很快,汤姆父亲的声音传了过来:"好消息,儿子!我联系到了布朗尼奇南极基地所在地的主权所有国,他们没有允许布朗尼奇在他们的国土上获取矿产资源。他们正派飞机和人员前往那里采取必要的武力行动。同时,他们请求各位竭尽所能阻止布朗尼奇的行动!完毕。"

最后,巴德终于无法忍受让老科学家为儿子的处境担忧,他对着麦克风说道:"基地呼叫肖普顿,我是巴德·巴克利,汤姆刚刚不在。斯威夫特先生,我会尽快把这个消息转达给他!"

巴德挂断了无线电通话,迅速返回"蓝天女王",他的"军队"正在那里整装待发。

巴德向大家传达肖普顿传来的消息,正在这时,刺耳的空袭警报声响彻整个营地!

队员们四散躲避。几秒钟后,喷气式轰炸机开始向下俯冲,可是却没有展开攻击。

从飞机上落下来的是另一个锡罐,而不是炸弹。巴德跑过去,从锡罐里拿出了一张留言条,读道:
致探险队:

汤姆·斯威夫特现在是我们的人质,不要企图袭击我们的营地，否则后果自负！"

队员们面露沮丧，连巴德也被这出乎意料的威胁为难住了，可是很快恼火和愤怒坚定了他的决心。

"我们不能被他们吓倒！无论我们发不发动袭击，汤姆都很危险！除非我们把他救出来，否则他们是不会放汤姆的！"

"你说的对，他们不会！"乔·温克勒附和道，"他们只懂一种方式，我们是时候发动进攻了！"

大多数队员都立即同意这一观点，但是沃里斯表示反对。

"你这是让我们对汤姆的事情负全部责任。如果武装部队正乘飞机赶来，那么为什么不等他们来处理这种事情呢？"

巴德怒视着他说："这就是你想看到的，哈尔！"

他们唇枪舌剑地辩论着，有两三个队员支持沃里斯。最终双方各自妥协：沃里斯和他的支持者们同意在巴德带队进攻去营救汤姆的时候守卫营地。

现在，"蓝天女王"起飞去完成危险任务。他们出现在克兰乔维亚营地的时候，很显然敌人做好了战斗的准备。两只机枪队在防备入侵者，除了他们，看不见其他人。

随着"蓝天女王"俯冲向下，克兰乔维亚的枪手们开始向飞机射击，子弹、炮弹如冰雹一般。可是，和之前一样，子弹没有对"蓝天女王"造成任何伤害，炮弹也没有爆炸。

巴德打开喷气式直升机，倾斜着机体对敌营进行轰炸，从一边到另一边。

敌人的枪手们知道自己的武器不起作用，纷纷仓皇而逃，躲

第二十三章 一决胜负

进了一个大冰洞。

"那里一定是他们的老窝。"汉克·斯特林判断。

"为什么不飞过去把它炸烂!"达丽尔·布莱克建议道。

"汤姆可能在里面。"巴德紧张地说道,"我们不得不对着地面进攻,把他们逼到外面来!"

飞机降落,巴德将巨型飞机滑行到了冰洞口。每个角落都有步枪枪口伸出来,可见那里有哨兵。汉森问道,"我们出去?"

"现在怎么办,指挥?"亚弗。

"不,首先我们要小心那些守卫!"

在汉克·斯特林的指挥下,催泪瓦斯武器和防毒面具分发给了每一位成员。

同时,那些守卫们也感觉到进攻要开始了,他们朝飞机猛烈地开火。

巴德把货舱门打开了一条缝,将瓦斯枪枪口伸出去,瞄准其中一个守卫附近的掩体,开了一枪。

随着瓦斯弹撞在冰洞的墙上,那个守卫被淹没在了滚滚浓烟之中。同时,巴德也被催泪瓦斯包围了。

克兰乔维亚的守卫们捂着眼睛,大口喘着气,丢下手里的步枪,踉踉跄跄地走出冰洞,趴在地上,将头埋进雪里。

"好,出击!"巴德喊道,"切记,离冰洞火线远些!"

货舱门敞开,队员们从飞机上跳了下来,控制了守卫,并把他们送到了离现场远些的安全区域。

紧接着,巴德下令展开全面进攻。队员们立刻开始向冰洞投掷炸弹和催泪瓦斯筒。

为了回击,克兰乔维亚不得不蹲伏在洞口,可是他们眼前弥漫着瓦斯气体,像一层帘子,挡住了他们的视线。

费伯博士在战斗间隙轻声说道:"现在的问题是,冰洞很快就会灌满瓦斯气体。"

过了一会儿,克兰乔维亚人从冰堡垒中跑了出来,东倒西歪,摇摇晃晃,脸上流着眼泪。

他们被熏得够呛,大多数人都没有了反抗的能力。可是还有一些还有要作战的意思。

一个身材魁梧、留着黑胡子的克兰乔维亚试图奋力一搏,争取自由,但是被伊格尔·弗恩德上校打了一拳,便立刻晕倒了。

布朗尼奇用他的半自动手枪疯狂地射击,企图为自己开辟一条逃跑的路,但是那支枪刚好没有子弹时,巴德走到了他身后。

巴德抓住布朗尼奇外套的帽子,摇晃着他。这个狡猾的间谍丢下枪、迅速地掏出一把刀。

可是,他还没来得及使用那把刀,巴德的拳头就狠狠地打在了他的下巴上,踢掉了他手上的刀,把他拖到其他俘虏待着的地方。

汉森对巴德焦急地大喊:"汤姆不在冰洞里!"

"什么!"

巴德把布朗尼奇推给汉克·斯特林,为他戴上手铐。巴德再次戴上防毒面具、冲进了冰洞。汉森说得对——汤姆不在里面!

巴德出来的时候,他命令对基地里的其他冰洞进行搜查。可是到处都没有年轻发明家汤姆的踪影!

巴德开始生气地质问被抓住的这些人。可是他们几乎都用沉默回答了他，拒绝说出关乎汤姆命运的任何一个字。

队员们绝望地看着彼此，害怕说出脑中闪现的那个担忧。

汤姆被害了？

第二十四章　火山喷发

"加油，振作起来！"巴德喊道，"汤姆一定就在附近！"

"嘿，看看我的雪鞋，他一定在这！"乔粗声粗气地断言，"你觉得像汤姆那么聪明的人不会照顾自己吗？"

"等一下！"巴德大声说，"我有个主意！"他问是否有人注意到克兰乔维亚人的营地周围有雪橇或是雪橇犬。没人注意到。

"没看见？"他继续说，"我们都知道他们有一队雪橇犬，最开始的时候，汤姆就是看到这个发现了营地。可是现在那群狗不见了。这就是说，要么汤姆乘雪橇逃走了，要么布朗尼奇的随从带他乘雪橇离开了！"

"有道理，好吧。"汉克·斯特林谨慎地同意道，"可是我们怎么找到他呢？"

巴德急忙为搜索队制定了计划，他和布莱克和费伯博士乘布朗尼奇的雪上汽车去找。同时，汉克·斯特林驾驶"蓝天女王"，乔和伊格尔·弗恩德上校作为观察员去搜索整个周边区域。其他队员留下来看着那些俘虏。

第二十四章 火山喷发

二十分钟之后，巴德和他的同伴们正在山麓间搜寻的时候，汉克·斯特林的声音通过步话机传来：

"我觉得我找到汤姆了！直通向我们的营地的地方有一个雪橇，还有一队雪橇犬！留意'蓝天女王'，我会告诉你正确的方向！"

巴德依照汉克的无线电指令驾驶雪上汽车全速前进，终于追上了滑雪橇的人。

是汤姆·斯威夫特！

"天才！"巴德大喊，他们高兴得手舞足蹈。费伯、布莱克和巴德急忙告诉汤姆最新消息，以及俘虏了克兰乔维亚的事。

"太好了！"汤姆大声说，"现在，没有什么可以阻止我们了！我们要立刻让地球挖掘机投入工作。"

"等一等，汤姆。"布莱克插话道，"你还没告诉我们你是怎样逃出来的！"

"很简单。"汤姆咧嘴笑着说，"我躲过守卫，跑进他们的控制冰洞，在布朗尼奇准备就绪要启动挖掘机的时候，我对挖掘机动了点手脚。接下来，我趁乱借用他们的雪橇犬逃了出来！"

巴德假装沮丧地摇摇头。他玩笑道："下一次你被抓，我们会去营救那些坏人，让你自己搭便车回家！"

在返回克兰乔维亚营地的路上，汤姆意识到在全部队员结束看管任务之前，他无法开始挖掘工作。于是他决定继续留在敌人的基地，直到俘虏被带走。

在等待的时候，汤姆询问了几个愿意合作的克兰乔维亚成员。其中一个是普德斯基——布朗尼奇的左膀右臂。他回答了年轻发明家的几个问题。普德斯基没说荣耀俱乐部，但是他承认服务员领班是个克兰乔维亚，领班发现了湖边的通道，并安排间谍组织在俱乐部秘密会面。

他透露，克兰乔维亚的启动机干扰了无线电波，正如汤姆怀疑的那样。破坏斯威夫特家里的警报系统的也是布朗尼奇，就是那天晚上，布朗尼奇窃听到了汤姆关于南极取铁的整个讨论！

事实证明，松山隧道放置炸弹的事也是布朗尼奇干的。

"这么说皮肯就完全没有嫌疑了。"汤姆对巴德说道。

终于，大概在汤姆被解救二十四小时后，布朗尼奇进入的那片南极区域的主权所有国的军用飞机赶到了那里。

主要负责人贾尔丁上校立即向关着愤懑俘虏的冰洞走了过去。

"看起来你们已经控制了局面。"他说，"请允许我代表我的国家向你们所做的一切表示感谢。我国政府会在适当的时候致以官方的谢意。"

飞机再次起飞，踏上归程，带走了布朗尼奇和他的随从们，汤姆松了口气。

"嘿，伙计，我很乐意看看那些克兰乔维亚的结局会怎样！"他说道。

"谢天谢地脱险了。"乔低声说道，"要我说在麋鹿占领这里之前，我们快点返回营地吧！"

"麋鹿？"汤姆疑惑不解，"你弄错了吧，乔。南极没有麋鹿啊。"

"那是你认为的，孩子。"厨师乔笑着说，"你最近没看日历吧，今天是平安夜！"

第二天，营地的冰洞餐厅里举行了一个大型宴会，队员们用红色、绿色的飘带装饰起一棵用纸浆做的圣诞树。

乔是个绝对称职的大厨。他准备了烤冷藏火鸡拌栗子酱、小红莓果酱，以及其他辅料。最妙的是，他蒸了一个巨大的抹黄油甜酱的葡萄干布丁。

在大家都吃撑了以后，他们欢快地唱着《平安夜》《伯利恒小镇》和其他圣诞颂歌。

可最棒的环节还没有开始。

无线电工作人员在餐厅里安装了一个特殊的短波接线管。在老家，他们的亲人、朋友们都在等着为他们送上圣诞祝福——圣诞快乐！

排在后面讲话的是斯威夫特夫妇，他们向所有人送上最美好的祝愿。"女孩们有话要说。"汤姆的母亲补充道。

"天呐！我真希望桑迪没有忘记帮我给菲利斯送礼物。"汤姆对巴德小声说道。

"嘿，汤姆！"菲利斯的声音从扬声器那端传来，"你送给我的手表太漂亮了！我从没发现你有这么好的品位！"

"好，嗯，我知道你会喜欢的。"汤姆结结巴巴地说着，巴德在旁边轻声笑着。

为了表达感谢，菲利斯对着麦克风给汤姆送了一个飞吻；而桑迪在感谢巴德送的银手镯和银耳环的同时也给了巴德一个飞吻。

接下来，男孩们打开了他们自己的礼物，那是汤姆的家人放在巴德的喷气式货机上带过去的。

第二天早晨，大家都起得很早，为了这历史性的一刻——启动原子能地球挖掘机。

汤姆在距启动平台180多米的监听站里安装了钻孔操作仪。仪器设置在冰洞里，那里也是哈罗德·沃里斯操作热测量仪器的操作站。

探险队的其他成员聚集在距离平台15米的雪地上，透过双筒望远镜观看启动进程。

汤姆戴上耳机，接听了技术人员传来的最后汇报。

"一号准备就绪！"声音从第一监听站传来。

"二号准备就绪！"

"三号准备就绪！"是沃里斯的声音。

"地震测试仪准备就绪！"麦格雷戈博士汇报道，他在无线电冰洞与全世界的地震和气象站保持联系。

汤姆对着麦克风开始紧张地倒计时：

"倒数，五、四、三、二、一！"

接着他推按钮，拉操纵杆。地球挖掘机嗡嗡地启动了！

年轻发明家透过望远镜死死盯着位于三层楼高的脚手架上面的启动平台。与此同时，挖掘机迅速向下钻着冰面，消失在人们的视野里。

片刻之后，汇报从各个监听站传来，挖掘机运行良好！

第二十四章 火山喷发

沃里斯激动地伸出手。

"恭喜你，汤姆！我想之前我一定给你带来了不便，那是因为我不相信你的能力，现在我向你脱帽致敬！"

汤姆笑着和科学家握手。

"没关系，我们都是在高度紧张的状态下工作，现在我希望我们的麻烦结束了！"

突然一声巨响，轰隆隆，好像是在嘲笑汤姆的话。冰洞摇晃着，他们脚下的地面好像在振动！

汤姆一把抓住控制杆，脸色苍白。

"恐怕我们错了！"汤姆大喊。

他迅速改变了挖掘机的挖掘方向，可是隆隆声还在持续！

就在这时，沃里斯指向门外，惊声喊道："看！"

在距离营地不远处的高山上，一个小型的蒸汽喷泉喷涌而出。紧接着，附近小山的山顶发生了爆炸，形成了一座喷薄汹涌的火山。

第二十五章　最后的胜利

汤姆和沃里斯盯着火山，十分害怕。他们立刻冲出监听站，以便更清楚地看到这场灾难。

一团浓烟从圆锥形的山体顶端翻涌而出，炽热的火山灰向周围大量散落。与此同时，火山向外喷涌一股股黑色岩浆，顺着山坡向下翻滚！

滚烫的火山岩浆遇到冰块后立即化为蒸汽，嘶嘶直响，夹杂着刺鼻的火山气体，把空气变得几乎不适宜呼吸了。

"快拿出防毒面具！"汤姆对巴德·巴克利大声喊道，"每人一个，快戴上！"

"我们现在怎么办，机长！"汉森紧张地问道，"依我看，这岩浆可能会吞没营地！"

汤姆看着这片区域，摇摇头说："我不这样认为，亚弗。我相信成堆的冰丘可以改变岩浆的方向，绕开我们的营地。"

汤姆的预测引起了大家的怀疑。有几个队员跑出营地去寻找更安全的地方。

争论还没有平息，汤姆就匆忙返回斜坡。

第二十五章 最后的胜利

"嘿!你去哪儿,孩子?"乔在汤姆身后大喊。

"去给监听站打电话!"汤姆扭过头向身后喊道。在控制冰洞里,他迅速联系第一和第二监听站。这两个监听站的技术人员都汇报说目前来看是安全的,他们打算坚守在监听站,除非情形大变。

汤姆返回来时,队员们都紧张地围在一起,看着沸腾的黑色岩浆如洪水般越来越近。

"我希望你们知道自己在说什么,挖掘机小子!"巴德不安地说道。

起初,可怕的黑色洪流在营地周围流动,可是突然间主流分成了一些支流,并在冰丘间冲出一条路。岩浆翻滚、沸腾着向营地直冲过来!

队员们向各个方向逃散,可是汤姆拦住了他们。

"等等!岩浆慢下来了!我觉得我们是安全的!"

岩浆的温度太高了,把冰融化成了很多个深深的水坑。冒着烟的黑色岩浆逐渐沉落,流进沟壑里,留下变硬的岩浆池。

随着岩浆消退,乔·温克勒摘下防毒面具,擦着头上的汗水。

"我的天呐!那股岩浆向我们袭来,就像野马向面前的水牛冲去!"

"危险暂时过去了,但可能不是最后一次。"汤姆提醒道,"可能还会有火山喷发!"

大家担心地挨过几个小时,看看有没有再次发生喷发的迹象。麦格雷戈博士坚守在他的监听站,报告说世界上任何其他地方都没有传来信号被干扰的消息。

终于,汤姆再次走上斜坡,回到控制冰洞,与其他监听站取得联系。但是,他走在路上的时候又停了下来,沮丧地拍着前额,叹着气。

"怎么了?"走在汤姆身边的巴德问道。

"挖掘机!我忘记关了!"

两个男孩迅速向控制室冲去。汤姆一把抓过控制冰洞里连着电子大脑的信号带,扫描掉落在地的循环圈和绕线轮。

"巴德!"他高兴地大喊,"挖掘机运行正常!现在在地下8000米处!"

汤姆戴上耳机,与第一、第二监听站取得联系。技术人员仍在工作。之后,他又把巴德送回营地,把沃里斯叫到监听站。

汤姆专注于挖掘机的工作进程的时候,他把火山喷发的事情抛在了脑后。电子大脑传出稳定的钻探记录的同时,汤姆仔细观察着运行细节,时而做一些稍微地调整。

与此同时,随着挖掘机钻探的不断深入,沃里斯一直在检查不断升高的热测量值。

随着挖掘机越钻越深,汤姆和他的队员们实行八小时轮班制,一刻不停地跟踪记录挖掘机的工作进程。

五天之后,沃里斯大喊道:"1093℃,汤姆!"

"呜!"巴德气喘吁吁地说,"现在挖掘机在地下多深的地

第二十五章 最后的胜利

方,我的天才?"

"地下321千米!"汤姆回答道。

队员们聚集在控制室,气氛变得紧张起来。

站在敞开的门口处的巴德突然大喊:"看!它在释放热量!"

一股白色、炽热的熔铁喷泉从敞开的转动轴直冲天空,不用双筒望远镜或望远镜都能看见!

汤姆的心疯狂地跳动着。数月以来的工作和计划突然达到了顶点,兴奋让他有些眩晕和窒息。巴德一次次大喊,盖过了队员们的欢呼和喧闹:"我们成功了,汤姆!我们成功了!"

喷涌而出的熔铁在天空划出了一条白弧线,落入人工湖。

"我想知道人工湖装满了之后,怎么把熔铁喷泉关掉?"乔担心地问道。

"每隔一会儿它会自动停一下。"汤姆解释道,"随着铁水冷却,挖掘机挖出的洞会被固体铁封住。"

可是,熔铁好像无穷无尽,湖里熔铁的高度速度升高。

有一段时间,大家有一种担心:汤姆关于时间的估算可能是错的——熔铁喷发可能会一直持续下去。可是二十五分钟之后,喷出的熔铁逐渐减少,最终停止了,好像是被一个巨大的节流阀截住了。

汤姆一把抓过长柄勺,冲到湖边,从成吨的熔铁表层舀出一勺还没完全凝固的熔铁。

第二十五章 最后的胜利

之后，他冲回实验室分析样本。

"结果怎么样，机长？"巴德问道。

"这是我见过的最纯的铁样本！"汤姆兴奋地说。

其他队员围了过来，拍着年轻发明家的后背向他表示祝贺。

"很好，我终究还是没有使斯威夫特企业集团破产。"汤姆咧嘴一笑，"可是，伙计，这些事确实还是让我担心了一阵！"

紧接着，他快速赶去无线电冰洞向他父亲报告探险队取得的突破。

斯威夫特先生听到儿子取得的成绩后十分高兴。

"汤姆，这是个惊人的科学成就！单凭这一项，你就为全世界的资源增添了一笔全新的宝贵财富！我不敢想把这一消息公布给媒体会意味着什么。除此之外，'蓝天女王'飞回肖普顿时，你会陷于新闻影片和电视记者的轮番轰炸中！"

"可是儿子，早点回家，我们都想你！"他笑着补充道，"另外，我还需要你帮我转化太空朋友发来的消息！"

汤姆挂断通话之后，巴德调侃道："好，现在你得到了铁，你要用它做什么？"

汤姆咧嘴一笑，但是他在很认真地思考这个问题。

"好吧，第一，我认为政府会给斯威夫特企业集团足够的钱弥补探险的花费。第二，我觉得最好的办法是建立一个世界组委会，由世界各国的代表组成，共同掌管这种新能源。"

"你是说，每个国家得到多少，支付多少钱由他们决定？"

"是的，毕竟，熔铁是从整个地壳下面取出来的，它应归全世界所有,尽管是我们从南极将它取出来的。"

"成交!"巴德钦佩地赞同道。

正在这时,乔把头探进门口,来回摇摆着餐铃大喊道:"汤来了,两个小伙子!汤姆,你一下子腰缠万贯了,是不是没有食欲了?!"

年轻的发明家笑道:"没有的事!"

两个男孩走向餐厅的时候巴德问道:"我们离开这以后,你的下一步计划是什么,伙计?我对你和你爸爸一直在说的星际旅行特别感兴趣——去拜访太空朋友。从南极去火星怎么样!"

"确实是了不起的跨越。"汤姆咯咯地笑着说。

这时年轻的发明家对自己的发现感到特别激动,以至于他无心再想别的事。可是很快,他就会开始下一次激动人心的冒险之旅——《汤姆·斯威夫特和空间前哨站》。

"过来,庆祝一下。"巴德叫汤姆过来,"乔准备了盛宴,我都饿了!"